わたしを変えた恋

櫻いいよ　此見えこ　水瀬さら
望月くらげ　犬上義彦

STARTS
スターツ出版株式会社

目次

ラストメッセージ　望月くらげ　7
十六夜の月が見ていた　犬上義彦　77
こぼれた君の涙をラムネ瓶に閉じ込めて　水瀬さら　161
なにもいらない　此見えこ　207
このアイスキャンディは賞味期限切れ　櫻いいよ　265

わたしを変えた恋

ラストメッセージ

望月くらげ

無理だよと、何もかも諦めてきた。
仕方ないよと、全てを呑み込んできた。
心を、殺して生きてきた。

あの日、君と出会うまでは――。

真っ白な部屋のカーテンをそっと開ける。差し込む夕日が、六人部屋の隅に置かれたベッドで寝ている男性を照らした。眩しそうに目を細めるけれど、それはただの反射に過ぎず、意思があるわけではないと教えられたのは何年前のことだっただろう。

セーラー服のスカートを翻しながら、美織はベッドの上で無表情のまま天井を見つめる父親に声をかけた。

「おはよ、お父さん。っていっても、もう夕方だけどね」

七年前、美織がまだ小学四年生の頃、父親は事故に遭い、その日からずっと植物人間状態のままこうして病院のベッドで生きている。

口さがない親戚なんかは『あれは生きているんじゃない。ただチューブから栄養を入れられて生かされているだけだ』なんて言うけれど、それでもこうやって触れればぬくもりを感じ、たまに笑ったような表情を見せる父親の姿は美織にとって――いや、美織の母である亜希子にとっては心の支えとなっていた。

美織の父親である陽一が植物人間状態となってから、母親は必死に働いてくれた。陽一のために、そして美織たち子どものために。

端から見ていて、身体を壊してしまうんじゃないかと思うときもあった。それでもきっと母親にとっては、がむしゃらに働くことでしか心を正常に保てなかったのだと、今ならわかる。

そんな母親に代わって、美織は五つ年下の弟である春人(はると)の面倒を見てきた。保育園のお迎えに食事作り、風呂に入れ寝かしつけまで、帰りの遅い母親の代わりに、全て美織が担った。殆(ほとん)ど育てたといっても、過言ではないかもしれない。

「じゃあ、明日また来るね」

看護師から受け取った洗濯物を手に、美織は父親の病室をあとにした。

以前であれば慌てて帰っていたけれど、弟の春人ももう小学六年生。美織が帰るまでの時間ぐらいであれば一人で留守番だってできる。

それでも夕食の準備などを考えればゆっくりもしていられない。早足で病院から家への道のりを歩く。

途中、同じ制服を着た女子生徒が何人かで楽しそうに話しながら歩いているのが見えた。手に持っているのは駅前のカフェのスムージーだろうか。そういえば、今日から新作が発売になると、昼休みに友人が言っていた気がする。

「……いいなぁ」

ポツリと呟(つぶや)いた自分の言葉に慌てて口を押さえる。別に羨(うらや)ましいなんて思っていない。羨んだところで何かが変わるわけではない。仕方がない、仕方がないのだ。

「そう、仕方がないんだよ」

自分に言い聞かせるようにそう声に出すと、美織は立ち止まり手をぎゅっと握りしめ、小さく息を吐いた。

大丈夫。まだ頑張れる。

息を吸い込み、腹に力を入れて一歩踏み出す。その目に諦めの色を宿しながら。

翌朝、美織は自分の弁当とまだ寝ている母親の朝ご飯を準備すると、春人に声をかけた。

「春人、お姉ちゃんもう行くから、家を出るときにお母さんを起こすの忘れないようにね」

「大丈夫だよ。だからさっさと行けば。遅刻するよ」

のんびりと食卓でトーストを囓りながら、春人は早く行けとばかりに手を払う。昔は「お姉ちゃん、お姉ちゃん」と可愛かったのに、いつの間にか随分と可愛げがなくなってしまった。思春期、もしくは反抗期というやつだろうか。

春人もそんな歳になったんだなぁと、どこか感慨深く思う。

とはいえ、春人は歳のわりに落ち着いた雰囲気を纏っている。美織では頼りなく、精一杯大人になろうとしてくれているのだと思うと胸が痛む。

美織自身が何かを仕方がないと諦めるのは別にいい。けれど春人にはのびのびと子どもらしくいて欲しいと思ってしまう。

玄関のドアを開けると、青空が広がっている。願わくは、この晴れ渡る空のように明るい未来を春人にも、そう願わずにはいられなかった。

美織はいつものように教室の窓際、一番前の席に座る。いつも一緒にいる友人たちはまだ来ていないのか、ざわついた教室の中で美織は一人だった。

一人が寂しいという友人もいるけれど、美織はそうは思わない。普段、家族のことで人一倍動き、周りに気配りを続けているからこそ、こうやって一人の時間を過ごすのも好きだった。

とはいえ、時計の針はそろそろチャイムが鳴る時刻を示している。二人揃って欠席、は考えづらい。遅刻だろうか？　そんなことを考えていると、バタバタと廊下を走る音が聞こえ教室のドアが開いた。

「危なかったー！」

「間に合ったー！」

友人である尾崎月葉と宇堂愛乃は、楽しそうに顔を見合わせながら教室に駆け込んできた。そして美織の姿を見つけると嬉しそうに近づいてくる。

「美織ちゃん、おはよ」

「おはよう。今日遅かったんだね」

「ううん、もうちょっと前に来てたんだけど、昇降口で月葉に会って――」

「そんなのいいから！　ね、みーちゃん聞いて！」

力強く愛乃の話を遮ると、月葉は美織の方に身を乗り出した。その勢いで月葉のトレードマークであるポニーテールが揺れ愛乃の頬に当たっていた。

「どっ、どうしたの？」

「あのね、うちのクラスに転校生が来るんだって！　しかもすっごいイケメンの！」

「転校生？」

月葉の話をまとめると、どうやら昇降口で愛乃と会い、教室に向かおうとしていた途中で見覚えのない男子が担任と話しているのが見え、こっそり話を聞いていたらその子が実は自分たちのクラスへの転校生だということがわかったらしい。

「それで遅刻ギリギリになったの？」

「だって、ほら気になるでしょー！」

気になるか気にならないか、で言われると美織は特に気にならないのだけれどそんなことを言えば愛乃と月葉がガッカリするのは目に見えている。なので「まあね」と愛想笑いだけ浮かべておく。

けれどそんな美織の態度などお見通しのように二人は口を尖らせた。

「もー。なんで美織ちゃんはそんなに冷めてるの！」

「そうだよ、イケメンだよ！　目の保養！」

　上手くごまかそう、とする気持ちすら二人には透けて見えたらしい。「ごめんごめん」と笑う美織に、しょうがないなぁと二人は笑った。

　愛乃と月葉は美織とは違う中学の出身だから仲良くなったのは去年、高校に入学してからだ。幼稚園からの幼馴染みだという二人と意気投合、というか気に入られそれからずっと三人で過ごしている。同じ中学から来た人がほとんどおらず、自分から進んで人付き合いをする方でもない美織にとっては、二人の存在はありがたかった。

　美織だって年頃の女の子だ。イケメン、に興味が全くないわけではない。けれど、二人ほど気にはならなかったし、そもそも今の自分の状態で男子に対して好きだとか嫌いだとか思うだけの余裕はない。

　それよりも家のことをして母親の手助けをし、春人をきちんと育てなければ。それだけでいっぱいいっぱいだった。

　だから担任が教室に連れてきた二人曰くイケメンの男子を見てもなんとも思わないし、美織の生活には何の変化もない、はずだった。

　チャイムが鳴ると同時に教室のドアが開き担任が入ってくる。その後ろに、二人が言っていた通り転校生だと思われる男子が立っていた。その姿に教室の女子が色めき立つ。

日の光を浴びて薄ら茶色に見えるさらっとした髪の毛、整った目鼻立ち、身長は隣に立つ百七十センチくらいあるはずの担任よりも十センチは高く見える。たしかに、二人が騒ぐのもわかる気がする。

「あー静かにしろ。気になるよな、気になるのはわかるけど——」

「ね、先生。転校生？」

「早く紹介してよ」

「ねえねえ、名前なんて言うのー？」

担任の声を遮って女子たちが口々に言う。男子たちはどこか面白くなさげだったけれど、それでも興味はあるようで「あの身長だったらバスケやんねえかな」とか「いや、サッカーを」なんて転校生がどの部活に入るのか気になるようだった。

　美織はというとそんなざわめきの中、今日の夕食のことを考えていた。昨日の残りのかぼちゃの煮付けと何かメインになるようなおかずを出して。最近、春人がおかずが少ないと言うからもう一品ぐらい——。

　そんなことを思っていると、なぜか担任と目が合った。

「じゃあ、ということで須藤。頼んだぞ」

「え？」

何も話を聞いていなかった美織が悪い。それはわかっているけれど、突然担任から名前を呼ばれ、教室中から視線を向けられている今の状況を、できればわかりやすく説明してほしい。

「えっと、あの？」

「なんだ、聞いてなかったのか？　須藤、クラス委員だろ？　日下部のこと面倒見てやってくれ」

「くらすいいん……？」

くらすいいん、クラス委員……。そういえば、四月の頭に委員決めをするときに内申に良いからとそんなものになった気がする。大学に行く気はないけれど、それでも何かのきっかけで進学を選びたくなったときに、クラス委員をやっていれば内申が良くなると聞いたのだ。

美織の状況で大学に行くには奨学金が必須だ。それもできれば給付型の方が望ましい。かといって、生徒会に入って活動するほどの時間はない。そんな美織にとってクラス委員はちょうどよかったのだ。

けれど五月の今になるまで何の活動もなかったから美織自身、自分がクラス委員であることなんて今の今まで忘れていた。

「え、あ、で、でも。男子なので男子の方が……」

「沼田なー。あいつタイミングの悪いことに今日から一週間、出席停止なんだ。季節外れのインフルエンザだそうだ」

「インフルエンザ……」

この季節にインフルエンザに罹る人がいるのか、という驚きとどうにも逃れられなさそうな転校生の世話係に小さくため息を吐いた。

黒板には『日下部　忍』と書かれていた。さっき担任の言った「くさかべ」とはどうやら転校生の名前のようだった。

「じゃあ、頼んだぞ」

「……わかりました」

別に断る必要はない。ただクラスの女子たちが「いいなー」とか「ずるいー」とか「私がやりたかった！」なんて声を上げている中で引き受けるのがどうにも気が進まなかっただけで。

美織が世話を引き受ける、ということで日下部の席は美織の隣に用意された。一番前の席だった男子はラッキーとばかりに一席後ろに下がる。

隣の席に座った日下部は美織に笑みを向けた。そんな日下部に、美織も精一杯の笑顔を浮かべると心の中で小さくため息を吐いた。

面倒を見る、なんて言われたけれど移動教室は男子たちが日下部を連れて行ってくれたし教科書もすでに全て揃っているようで見せる必要もない。転校生といったって高校二年生だ。小学生のように手取り足取り面倒を見なければいけないなんてことはないだろう。

そう思うと少しだけ気持ちが軽くなるのを感じた。

結局、その日の放課後までに美織が日下部にしたことと言えば、各教科の先生の名前を教えるぐらいだった。

次の日も、そのまた次の日も特に美織が日下部に何かをするというようなことはなく、結局面倒を見ると言っても形だけだったなと少し安心していた。

日下部が転校してきて数日が経った。まるで以前から教室にいるかのように馴染み、さっそく日下部に告白した女子までいるという話を月葉たちから聞いた。出会ってまだ数日で告白できるほど好きになれるなんて凄いな、なんて美織が言うと「みーちゃんってそういうところ凄くドライだよね」と月葉は肩をすくめていた。

その日の放課後、美織は珍しくゆっくりと帰る準備をしていた。今日は母親が夕方までのシフトのため、父親のところへは行く必要がない。たまには月葉たちと一緒にどこかへ行くのもいいかもしれない。そう思い、声をかけるため席を立とうとする。

そんな美織の視界に、数学の教科書をジッと見つめる日下部の姿が見えた。

手元には今日の授業のノート。覗くつもりはなかった。けれど目に入ったノートは板書（ばんしょ）された問題を写した箇所以外は白紙だった。

「あ……」

「わっ、見ちゃった？」

美織の口から漏（も）れた声に気付いたのか、日下部は顔を上げるとノートを隠す。そして困ったように笑った。

「えっと、それ今日のノートだよね。もしかして授業わからなかった？」

「わからなかったというか、えっと。前の学校と進みがちょっと違うみたいで」

「あ、そっか」

全部の学校が全く同じ速度で進んでいるわけではない。美織の通っている学校は県内でも進学校と呼ばれる学校で二年生の後半は三年生の単元をし、三年生の後半は授業よりも受験対策に費（つい）やす。そのため、今の時点でも他の学校よりは進んでいるのだ。

「ご、ごめんね。気付かなくて」

「ううん、大丈夫だよ。って言いたいところなんだけど、全くついていけないのも困っちゃって。もし須藤さんさえよければ教えてもらえる、かな？」

日下部は申し訳なさそうに美織に言う。その表情に、美織の方が申し訳なくなる。

面倒を見る、と担任が言ったのはきっと本来そういうことも含めてのはずだ。それなのに上辺（うわべ）だけの困りごとにしか気付けなかった自分が恥ずかしい。

「ごめんね！　えっと、じゃあ今からやろっか」

　今日が病院に行かなくていい日で助かった。月葉たちと遊びに行くことはできなかったけれど、それは別の機会に行けばいい。こちらを窺うように見る月葉たちにバイバイと手を振り、美織は自分の席に座り直すと、日下部の机と自分の机をくっつけた。

　日下部の元々通っていた学校もそこそこは進んでいたようで、ちょうど今やっている単元の一つ前のところまでは終わっていた。幸い、美織たちのクラスは新しい単元に入ったところだったので軽く説明をすると「ふんふん」と理解したようで、今日の授業でやったところまではすんなりと解けるようになっていた。

「やー、ありがと。助かったよ」

「ううん、こちらこそ気付くのが遅くなっちゃってごめんね。ちなみに数学以外は大丈夫？」

「化学と物理がちょっと……。他は大丈夫だと思うんだけど」

「化学と物理、かぁ」

　鞄の中からノートを取り出しパラパラとめくる。化学は教えられるのだけれど。

「物理は私もあんまり自信ないんだよね」

「須藤さん、物理苦手なの？」

「ちょっとだけね。数学と似たようなもんじゃんって言われたらそれまでなんだけど、どうにも上手く理解できなくて」

理系にいる以上、物理ができないのは困るのだけれどいつもなんとか平均ギリギリで他の教科の足を引っ張っているのは事実だ。塾にでも通えれば、と思うけれどそんな余裕は家にはない。余裕があったとしても夜は家を空けることができないから現実的ではない。

結局『まあ仕方ないよね』で諦めてきた。そのうちどうにかしなければとは思っているけれど。

「じゃあさ、俺が物理教えるってのはどう？」

「え？」

授業についていけない、と言っていたではないか。そんな美織の疑問がわかったのか日下部は優しく笑う。その表情に、ああ女子たちが騒ぐのもわかる気がするな、と美織は思う。こんなふうに優しく微笑(ほほえ)みかけられれば、きっとその笑みを自分だけに向けて欲しいとそう思ってしまうのも無理ないと。

そこまで考えたところで、いったい何を考えてるんだと慌てて首を振る。今のは一般論なだけで決して美織がそう思ったわけではない。断じて違う。

けれど。

「どうかした？」

「えっ、あっ、ううん。なんでも……」

「なんてね、あれでしょ。俺が物理教えてって言ったくせに何言ってるんだって思ってるでしょ？」

「あーえっと、まあ、うん」

それはそれで間違っているわけではないので美織は肯定する。全てが本当なわけではないけれど嘘をついているわけでもない。

少し感じ悪く捉えられてしまったかもしれないけれど、変なことを言って気まずい空気が流れるぐらいなら、きっとそう思ってもらっていた方が良い。

「ちょっとだけ、ね。ごめん」

「なんで謝るの。俺だって逆の立場だったら『こいつ何言ってるんだ』って思うから」

「や、そこまでは思ってないけど」

「そうなの？」

屈託なく日下部は笑う。その笑顔に見惚れそうになるのを必死に堪えようとそっと視線を外した。そんな美織の態度など気にもとめていないように日下部は話を続ける。

「進度が合わなくて困ってるだけで物理が苦手なわけじゃないんだよ」

「あ、そういうこと？」

「そうそう。だから今までのところなら教えてあげるには問題ないし、授業にさえ追いつけば今の単元を教えるのも多分大丈夫だと思うよ」

日下部の申し出はありがたかったし魅力的だった。

塾に行く時間がない美織にとってわからないところは休み時間に教科担任を捕まえて質問する以外に方法がなかった。けれど、休み時間は次の授業の移動のために先生が捕まらないことが多く、昼休みになんとか教えてもらっていた。

それでも先生は先生でしなければいけないことがある。『放課後に聞きに来てくれれば』そんなふうに言われるたびに申し訳なく思っていたのだ。

けれど……。

「ありがとう。でも、たぶん無理だと思う」

「なんで？　俺じゃ教えられない？」

「そうじゃなくて、えっと」

なんと説明すれば良いか、美織は言葉に詰まる。放課後は予定があって、今日はたまたま予定がなくて、そんな言葉を並べたらきっと日下部は美織が断りたくてそういう言い回しをしていると思うだろう。

……いや、別にそう思われても関係ない。関係ないはずだ。こんなことを考えているなんて逆にそう思っているみたいだ。

「私、放課後は忙しくて。今日はたまたま用がなかったからこうやって残れてるけど普段は無理なんだ。だからせっかく言ってくれたけど教えてもらうのは難しいと思う」

嘘じゃない。全てホントのことだ。なのにどうして早口になってしまうのだろう。

ぎゅっと握りしめた手のひらに薄らと汗をかくのだろう。

どうせ信じてもらえないという気持ちと、それから。

「そっか、それじゃあ放課後は厳しいね」

「え……？」

「ん？　どうかした？」

信じて欲しい、という気持ちが透けて見えたのかと思うぐらい、日下部が考え込んだような表情で言うから美織は思わず拍子抜けしたような声を出してしまった。

「信じるの？　こんな、断るための言い訳みたいな話」

「え、断るための言い訳だったの？」

「ちっ、違うけど」

全て本当のことなのだけれど、まさかこんなにすんなりと信じてもらえるとも思わなかったので戸惑ってしまう。

開けっぱなしにしていた窓から風が舞い込むと、ふわりとカーテンが揺れる。差し込む光が眩しくて思わず美織は目を細めた。そんな美織に日下部は微笑みかける。

「だって、須藤さんそんな嘘つくタイプじゃないでしょ」

「え？」

「それに、そんな申し訳なさそうな顔して言い訳する人なんていないよ」

その言葉が妙に優しくて、どうしてかわからないけれど泣きたくなる。けれど、なぜ泣いているのかと尋ねられてもきっと答えられないから、美織は必死に涙を堪えた。

日下部は暫く考えるような表情を浮かべたあと、美織に尋ねる。

「放課後、忙しいって話だけどすぐに帰らなきゃいけないぐらい忙しいの？　それとも何時までにどこかに行かなきゃいけないとかそんな感じ？」

「何時、まで？」

そんなこと今まで考えたこともなかった。学校が終われば機械的に父親の病院へと向かい、見舞いついでに汚れ物を受け取り自宅へと帰る。そのあとは夕食を作り春人と一緒に食べる。それが美織の放課後の全てだった。それ以外の選択肢なんてないと思っていたし、考えちゃいけないと思っていた。

美織はいつだって家族のために、母親の、そして春人のために――。

「ね、須藤さんはどうしたい？」

「私？」

「そう。須藤さんの気持ちを俺は知りたい」

自分の気持ちとはいったい何だろう。今までずっと無理だと仕方がないと自分の気持ちを全て置き去りにしてきた。そうするもんだと思ってきた。

「私の、気持ち」

「でも、その、うち弟が小さくて」

「弟さん？　何歳？」

「えっと、小学六年生」

「小六かー」

改めて春人の年齢を言いながらドキリとした。小さい小さいと思っていたけれど、春人もいつの間にか小学六年生。父親が植物人間状態となり、幼かった春人の面倒を、家のことをしなければいけなくなった美織の年齢を超えていた。

日下部はノートから視線を上げ、頬杖をつきながら口を開く。

「微妙な歳だよね。もう一人でも留守番できるって子もいればそうじゃない子もいるだろうし」

「そう、かな」

日下部の言葉にどこかホッとしている美織がいた。全てを否定せず、美織の言葉を肯定してくれるところに優しさを感じる。

「それで放課後は難しいんだ？」

「えっと、それからその……父親が――入院してて。そのお見舞いに行かなきゃいけないの」

自分のこの全て正直に言っているわけじゃないけれど、嘘をついている訳でもない言い回しがズルくて嫌になる。嘘つきにはなりたくない、でも本当のことを話せるほど誰かに心を開くこともできない。本当のことを知って可哀想な子だと気の毒な子だと思われたくない。

市外のこの高校に来たのだってそうだ。中学の時、誰かの親からの話で美織の父親のことがクラスの人に知られてしまった。その日から美織は『家族のために頑張っている可哀想な子』になってしまった。何をしても何を言っても色眼鏡で見られ気の毒がられ憐れまれる。そんな空気が嫌で嫌でしょうがなくて、市外の誰も行かないこの高校を選んだ。

日下部は今の言葉にどんな反応をするだろうか。やっぱり可哀想だと思われるのだろうか。それとも憐れまれ――。

「あーそれはたしかに大変だね。面会時間短いの？」

「え？」

「や、ほら病院によって面会時間が違うからさ、そういうのもあってすぐ帰らなきゃいけないってのもあるのかなって」

日下部の言葉に、美織は声に出さずもう一度「面会時間」と呟いた。

今まで面会時間なんて気にしたことがなかった。放課後になればすぐに行かなければいけないと、そうしなければいけないと思い込んでいた。

でも言われてみればたしかにそうだ。病院には面会時間が決められているはずで、それはきっと美織が見舞いに行く時間よりもずっと遅くまで設定されているはずだ。夕食にしたって、もう春人も小さな子どもじゃない。いつまでも五時に帰って夕食を食べなくても六時だって七時だっていいはずだ。

「そっか……。そう、だよね」

今まで気付かなかっただけで、考えなかっただけで、考えようとしなかっただけで、もしかすると本当は思っているよりも美織の自由な時間は存在するのかもしれない。

──それが許されるかどうかは別として。

「自由な時間、作ってもいいのかな」

ポツリと呟いた言葉に日下部は少し驚いたような表情を浮かべたあと、柔らかい笑みを浮かべた。

「いいに決まってるよ」

日下部の言葉はなぜかストンと胸の中に入り込む。出会ったばかりだというのに不思議だ。日下部がそう言うと、どうしてかすんなりと受け入れられてしまう。

美織は少し考えたあと、おずおずと口を開いた。

「えっと、まだわからないけどもしかすると放課後一時間ぐらいなら大丈夫かもしれない」

「ホント？　じゃあさ、その時間に俺が須藤さんに物理を教えて、須藤さんが俺に各教科の追いついてないところを教えてくれるっていうのはどうかな？」

「いいの？」

「いいの、というか完全に俺の方が助けてもらう立場なんだけどね。そのお礼、ってわけじゃないけど俺にも返せることがあるなら申し訳なく思わなくて済むし。どうだろ？」

そう言って笑う日下部に美織ははにかみながら頷（うなず）く。少しだけ胸が高鳴っているのは、今までとは違う日々が始まるかもしれないことへの高揚感（こうようかん）、だと思いたかった。


その日、美織が帰宅するとちょうど父親の病院から帰ってきたらしい母親と玄関で会った。洗濯物を持った母は疲れているはずなのにどこか嬉しそうで、きっと久しぶりに父親に会えたからだろうと思うと微笑ましくさえ思える。

美織にとってどこか義務感を覚える見舞いも、母親にとってはきっと今もなお大切な人に出会える唯一の場なのだ。そう思うと、自分が冷たい人間に思えて仕方がない。

しかも今から尋ねようとしているのは、さらに酷いことなのではないのか。父親の病院へ行くのは何時までなら大丈夫か、なんてまるで少しでも行かなくていい時間を長くしようとしているように受け取られないだろうか。そんな不安と心配が頭の中をグルグルと回る。

こんなことを尋ねずに今まで通りでいいのではないか。仕方がないじゃないか。しょうがないんだよ。

今まで何度も言い聞かせてきた言葉。無理なものは無理なんだ。

「あの、ね。お母さん、聞きたいことがあるんだけど」

「どうしたの？」

玄関の鍵を開けながら振り返る母親に、美織は何と切り出すべきか悩む。そんな美織に「何、神妙(しんみょう)な顔をしてるの」なんて笑いながら、母親はドアを開けた。

「ただいまー。春くんいるー？」

「いるよー」

リビングから春人の間の抜けた声が聞こえてくる。あの調子じゃあ、また宿題をしていないのではないか。美織が少し遅くなるとすぐこれだ。やっぱり美織がちゃんと見てないといけない。そうだ、自分のことよりも家族のことをちゃんと考えなければ。

先に入った母親に続き、美織もリビングへと向かう。テレビの前のソファーで漫画を読んでいた春人が美織に気付き顔を上げた。

「あ、姉ちゃんもおかえり」

「春人、宿題した？　どうせ――」

「したよ」

「え？」

身体を起こしながらニッと笑うと、春人はローテーブルに置いたノートを指さした。

「ホントに？」

「ホントだって。俺だっていつまでも『宿題やりなさい』って言われる小さな子どもじゃないんだよ」

「そっ……か。そう、だよね」

いつまでも春人だって小さな子どもじゃない。美織が高校生になったように春人だって大きくなるんだ。

「あの、ね。お姉ちゃん、来週から放課後ちょっと学校で勉強をしたくて。だからお父さんのところに寄って帰ってくるとなると今よりも帰ってくるのが一時間ぐらい遅くなっちゃうんだけど、大丈夫……？」

「大丈夫って何が？」

「や、ほら晩ご飯の時間が遅くなるからお腹が空かないかなとか、一人で心細くないかなとか」

　美織が話すにつれ春人の眉間にあからさまに皺が入っていくのが見えた。どうしてそんな表情をするのかと思いながらも、美織の言葉がそうさせていることがわかってどんどん声は小さくなっていく。

　美織が話し終え口を閉じると、春人はため息を吐いた。

「あのさ、お腹が空いたら冷蔵庫にあるものを適当に食べるよ。心細くないかっていったって今よりも一時間遅くなったところで六時でしょ？　周りの友だち、その時間なら普通に塾に行ってたり夏場ならそこの公園で遊んでるよ」

「そう、なの？」

「そうだよ。姉ちゃんは心配しすぎ。俺のことよりさ、自分のこと心配した方がいいんじゃないの？」

「うっ」と言葉に詰まる。たしかに春人の言う通りだ。でも。

「でも、心配だし」

「ったく、姉ちゃんは心配性なんだから」

「生意気言い過ぎよ」

　ソファーに寝転がりながら言う春人の頭を、母親が持っていた新聞紙を丸めて叩いた。そして美織の方を向くと、困ったように微笑んだ。

「でもね、お母さんも春人の言う通りだと思うの。今まで甘えておいて今さら都合の良いことを、と思うかもしれないけど、春人も大きくなったし美織は美織で少し自分の時間を作ってもいいのよ」

「お母さん……本当に、いいの？」

「いいに決まってるでしょ」

そう言って微笑んだ母親の姿が、放課後の教室で笑った日下部の姿と重なった。

無理だよ、と諦めて来た。仕方ないよ、と呑み込んできた。けれど、その中には手を伸ばせば、美織が欲しいと望めば叶ったものもあったのかもしれない。

きっと日下部と出会わなければこんなふうに何かを望むことなんて、今を変えることなんて考えもつかなかった。

不思議だ。まだ出会ってたったの数日しか経っていないのに、美織の十何年を全て塗り替えてしまった。

「変なの」

「何か言った？」

「なんでもないよ」

思わず呟いた言葉に、春人が不思議そうに首をかしげたけれど、美織は笑って誤魔化した。

週明け、学校で会ったら日下部になんて言おう。とりあえず「ありがとう」だろうか。お礼を言うのは変だから「これからよろしく」？　でも、それもなんだかおかしい気がする。

須藤家のリビングでは、いろんなパターンを考えながら「ふふっ」と笑う美織の姿を、春人が怪訝そうに見つめていた。

日下部が転校してきて一ヶ月が経った。放課後、二人で勉強をしたおかげで日下部は無事授業に追いつくことができ、美織もなんとなくでしか理解できず全体の足を引っ張っていた物理のテストで、八割以上は正解できるまでになっていた。

「凄い！」

放課後の教室、いつも通り残った美織は返ってきた自分のテスト用紙を日下部に差し出した。なぜか緊張した面持ちでそれを受け取り点数を確認すると、日下部はまるで自分のことのように喜んだ。

「日下部くんのおかげだよ。ありがと」

「あーよかった」

「え？」

「俺が教えても特に成績上がらなかったら、時間無駄に使わせたって落ち込むところだった」

日下部は安心したように言うと、美織のテストを手に持ったまま自分の机に突っ伏した。どうしたのかと美織がオロオロしていると、顔を美織の方に向け、日下部はへへっと笑った。

「でもなんとか役目果たせたみたいで良かったよ」

「ホントにありがとうね」

「ううん、全然。……でも、これで放課後の勉強会も終わり、かな」

「あ……」

言われてみれば確かにそうだ。少なくとも授業進度が追いついた日下部にとっては必要のないものになってしまった。美織だって未だに物理に不安はあるけれど、それでも日下部が教えてくれたことを元に一人でだってなんとかなるレベルではある。

つきんと胸の奥が小さく痛んだ気がした。

このまま日下部との接点がなくなってしまうことを寂しく思っている自分がいる。

その思いも寄らない感情に、自分自身で戸惑ってしまう。

「でさ――……って、須藤?」

「え、あ、あの、その」

突然黙り込んだ美織を不思議そうに日下部は見上げる。

初めは『須藤さん』と呼んでいた日下部が、今は『須藤』と呼ぶ。些細なことだけれど、それさえも嬉しいと思ってしまう。

「どうした？」

日下部の瞳が、美織の姿をまっすぐに見つめる。そんなふうに見ないで欲しい。心臓の音がどんどん大きくなっていくのがわかる。これじゃあ、まるで日下部のことを意識しているようで、そんなことあるわけないのに、でも、こんなの。

自分自身の感情が理解できない。いったいどうしてしまったというのだろう。

「大丈夫？」

「え、あ、うん」

「ホントに？」

「ホントホント。ところでさっき何か言いかけてなかった？」

話をごまかしたい気持ちと、それから純粋にさっき何を言いかけてたのか気になって美織は尋ねる。少し怪訝そうな表情を浮かべたものの「ああ」と小さく呟いて、日下部は頬を掻いた。

「放課後の勉強会は終わりだと思うんだけどさ」

「……うん」

ああ、やっぱり終わりなのだ。もう少しだけ続けたかったと、終わってしまうのは寂しいとそう思っているのはきっと美織だけなのだろう。

だって日下部は寂しそうどころか、はにかむような表情を浮かべながら笑っているのだから。

「その、空いた時間で俺と遊ばない？」

「え？」

「や、その別に嫌だったらいいんだけどこの辺でどこか遊ぶところとかあったら教えて欲しいし。ほら、放課後ずっと須藤と一緒だったから今さら誰かを誘うのも、さ。それにえっと」

言い訳のような言葉をつらつらと並べる日下部に、気付けば美織は笑っていた。

「なんだよ」

「なんでもないよ」

「まあ、だからさ、そういうことだから、どう、かな？」

きっと日下部に出会う前の美織なら、用がなくなったのであればまた父親のところへ行く時間を早めるようにしていただろう。でも、今は。

「うん、私も遊びに行きたい」

「やった！」

手を叩く日下部に美織は小さく笑う。この選択が正解なのかはわからない。でも、自分が選んだ答えに、美織は満足していた。自分の意志で、自分のしたいことを選んだのだから。

どこに行こうか、という話から、とりあえず駅前のゲームセンターへと向かった。そもそも学校帰りはまっすぐに父親のところへ向かい、さらに隣の市に住んでいる美織にこの辺りを紹介したり案内できるだけの情報はなかった。

日下部と二人でシューティングゲームをしたり、レーシングゲームで対決したりした。どれも初めてだった美織は日下部に教えてもらいながらクリアしていく。

「上手いじゃん」

「教えてくれる人が上手いからだよ」

美織の言葉に日下部は笑う。そんな日下部に美織も笑い返す。それはなんともいえない幸せな時間だった。このまま帰る時間にならなければいいのに。そう思うけれど、時間が止まる訳もない。当たり前のように日は暮れ、帰らなければいけない時間は近づいてくる。

「そろそろ時間だね」

「……うん」

これ以上遅くなれば、面会時間ギリギリになってしまうし、そうすれば春人の晩ご飯がさらに遅くなる。

名残(なごり)惜しいけれど、仕方がない。

「それじゃあ、私そろそろ帰るね」

「うん……」

もう少しだけ一緒にいたい、そんな言葉が喉から出かかったけれど、必死に堪えて別れの挨拶(あいさつ)を告げる。そんな言葉を言えるような関係ではないから。

いつの間にか、美織の中で日下部の存在が随分と大きくなっていた。今まで気付かなかったのが信じられないぐらいに、日下部のことを意識している自分がいた。

「須藤?　大丈夫?」

「あ、うん。大丈夫」

ボーッとしていた美織を心配そうに日下部が見つめるから、慌てて笑顔を浮かべた。

寂しく思っていることを悟られないように、平気そうに見えるように精一杯明るく美織は言う。日下部から、ほんの少しだけ視線を外して。

「じゃあ、今日はありがとう。また明日学校でね」

日下部に背を向けて美織は歩き出す。ゲームセンターの出入り口まで来ると、まるでそこは夢と現実の狭間(はざま)のようだった。自動ドアのあちらとこちらで喧噪(けんそう)と静寂(せいじゃく)が隔てられている。きっと美織にとっての現実はあちら側なのだ。

　美織は一歩踏み出した。自分のいるべき場所へ。

「……須藤！」

「日下部くん？」

　そんな美織の手を誰かが掴んだ。その声に心臓が跳ね上がるのを感じる。誰か、なんてわかっている。だって、この声は。

　振り返った美織に、日下部は真剣な表情を向けていた。その表情に美織の胸が痛いぐらいに高鳴る。いったい何を言われるんだろう。どうして追いかけてきたんだろう。疑問がグルグルと頭を回るけれど何一つとして口に出して尋ねることはできない。

「あ、の」

　腕を振り払うこともできず、その場に立ち尽くす。センサーが反応して、何度も自動ドアが開け閉めを繰り返す。

　入ってくる客の邪魔になったらしく、向かいから来た男性は美織たちに舌打ちをしながら通り過ぎていく。

「……送る」

「え？」

「病院、行くんだろ？　送るよ」

普段の美織なら絶対に断っていた。それ以上は踏み込まれたくない、どんなに仲のいい人でも知られたくない領域だったから。

けれど、掴まれた腕が熱くて。ううん、腕だけじゃない。頭もボーッとして上手く考えることができない。

「行こ?」

結局、腕を掴んだまま言う日下部に頷くことしかできなかった。

夕焼けが道路を赤く照らす中、美織は日下部と並んで歩く。腕を掴まれていたはずが、気付けば掴まれているのは手に変わっていた。これでは手を引かれているというより、手を繋(つな)いで歩いているようだ。

日下部はいったい何を考えているんだろう。どうして、こんな。

「……ねえ、須藤」

美織の名を呼ぶ日下部の手に力が入ったのがわかった。握り返していいのかわからず、前を向いたまま「何?」とだけ呟いた。その声が妙に震えていたのには気付かないで欲しい。

躊躇(ためら)うような間のあと、日下部が小さく息を吸う音が聞こえた。

「——あのさ明日も放課後遊ぼうよ。……ううん、明日だけじゃなくて、明後日もしあさっても……用がなくてもさ俺、須藤と一緒に放課後の時間過ごしたいんだけど」

「日下部、くん。それって……」

もしかして、という期待とそんな都合の良いことがあるのだろうかという不安が胸の中に入り交じる。

どういう反応をすれば良いのかわからずにいる美織の隣で、日下部が小さく笑った気がした。

「好きだよ。俺、須藤のこと好きなんだ」

「あ……」

「だから、その、またこうやって出かけたいんだけど、どう、かな」

その「どうかな」が出かけることだけにかかっていないことはさすがの美織でもわかる。わかるのだけれど、だからといってこんなときなんて返事をしたらいいのかわからない。

「あ、あの、えっと」

何か言わなければ。そう思うのに上手く考えがまとまらない。どうしよう、どうしたら。

「ふっ……」

戸惑い続ける美織をよそに、日下部はなぜか噴き出した。慌てて立ち止まるとそちらを向く美織の隣で、嬉しそうに笑う日下部の姿があった。

「え……？」

「や、ごめん。だって、さ」

堪えきれないといったふうに口元を押さえくつと笑うと、日下部は照れくさそうに、でも口元が緩んでいるのを隠せないまま笑みを浮かべてた。

「須藤、そんなに顔赤くしてたら俺のこと好きだって言ってるようなもんだよ」

「嘘！」

慌てて両手で顔を覆う。そんな美織の行動を日下部はまるで愛おしいものでも見るかのように顔をほころばせる。

「違った？　俺の勘違い？」

「………」

「須藤？」

黙ったままの美織に少しだけ不安になったのか、先程までの楽しそうな態度から一転、今度は少しだけ心配そうな表情を浮かべ美織の顔をそっと覗き込んだ。

日下部の視線が美織を捉える。ジッと見つめられると吸い込まれそうにクラクラする。

そんな姿にすらも胸がキュッとなる。ああ、もう隠せない。自分の気持ちをごまかしきれない。

「……、も」

「ん？」

聞き返す日下部の顔を見れなくて、美織はぎゅっと目を閉じるとなけなしの勇気と、それから震えそうになる声を必死に出した。

「私、も……一緒、だよ」

その一言だけで美織には精一杯だった。伝わっただろうか。わかってもらえただろうか。不安に思いながら、恐る恐る薄目を開けて日下部の様子を窺おうとした。

けれど、思わぬ光景に目を見開いてしまう。

そこには、美織の腕を掴んでいた手で自分の口元を押さえる、赤い顔をした日下部の姿があった。

「日下部……くん？」

「ま、ちょっ、まっ……。待って、今、俺のこと見ないで」

「えっ、見ないでって言っても……」

目の前にいるのだから見ないというのは難しい。とはいえ、見るなと言われたのであれば見ないようにはしようと視線を逸らした。けれどすぐそばにいるのだから視界の端にはどうしても入ってしまう。

真っ赤な顔を腕で隠すようにして日下部はその場にしゃがみ込んだ。

「ヤバイ……。嘘だろ、俺。かっこ悪ぃ」

「えっと、あの……大丈夫？」

「大丈夫じゃ、ない」

まだ赤みの残る顔をそっと上げると、足下にしゃがみ込んだまま日下部は美織を見上げた。

「めちゃくちゃ嬉しい」

「……っ」

「ホントに嬉しい」

そう言って笑う日下部の表情があまりにも優しくて、悲しくもないのに涙が溢（あふ）れそうになった。

手を繋いで父親の病院までの道のりを歩く。もうずっと一人で歩いてきたこの道を、こんなふうに誰かと歩く日が来るなんて思わなかった。

隣を歩く日下部は美織に何かを尋ねることはない。ただ寄り添いながら歩き続ける。

病院の前に着くと、日下部は繋いだ手をそっと離した。

「それじゃあ、明日また学校で」

「……うん」

「帰りは送れないけど、気をつけてね」

「ありがとう。日下部くんも気をつけてね」

そっと微笑んだ美織に日下部は少し躊躇うような表情を浮かべたあと「あのさ」と切り出した。

「俺も、美織って呼んでいい？」

「え？」

「俺のことも、忍って呼んでくれたらいいから」

「え、あ、あの」

「じゃあね、美織。また明日！」

美織の返事なんて聞かず、日下部は手を振ると背を向けて走って行く。

「忍、くん」

呼び慣れない名を口の中で小さく何度も繰り返す。慣れない呼び方に戸惑いと、それから照れくささ。でもどこか胸の奥があたたかくなるのを感じて、ああきっとこれを幸せだっていうのだとそんなことを思いながら、病院への一歩を踏み出した。

心が現実へと戻っていくのを感じながら。

美織と忍が付き合い始めてあっという間に一ヶ月が経った。この一ヶ月の間、放課後や休日に時間を見つけては二人で色々なところに行った。

遊園地や水族館、映画館。お金が掛かるから、と時間がないからと今まで諦めてきた、でも本当は行ってみたくて仕方のなかった場所に忍は連れて行ってくれる。遊園地は優待券をどこかからかもらってきて、水族館は学生ならただ同然で入れる日を探してきてくれたりもした。映画はなんと試写会を当てたらしい。

美織が感心するたびに、

「諦めなきゃなんでもできるんだよ」

そう言って忍は笑っていた。

その日、朝から雨が降っていた。教室に着いた美織はいつもならもう来ているはずの忍の姿がないことに気付く。

転校してきたとき隣の席だった忍は、そのあとの席替えで廊下側一番後ろの席になった美織とは正反対の教卓の一番前の席になった。

その席が今日は空席となっていた。

ポケットの中からようやく買ってもらったスマートフォンを取り出す。型落ちで古くなったものらしいけれど、問題なく使えるし連絡が取れればそれでいいとさえ思っている。

……そういえば、スマートフォンを買ったおかげで、忍の評価が月葉の中で一気に上がったことを思い出す。

忍と付き合うことになったことを報告した日、愛乃は喜んでくれたけれど月葉は「みーちゃんのこと取られた！」と忍に対して妙な対抗心を燃やしていた。あれだけ忍に対して「イケメン！」と言っていたのに、と不思議に思っていると愛乃が「月葉は美織ちゃんのこと大好きだから」と笑っていた。

昼休みに忍がご飯を一緒に食べようと誘ってきても「私たちと食べるから駄目！」と美織に抱きついて離れなかったのは記憶に新しい。

そんな月葉だったけれど、忍のおかげで美織がスマートフォンを買ったと知ってから態度が一変した。

ずっと贅沢品（ぜいたくひん）だと思っていたし、なくても困ることはなかったのでこれからも持つ気はなかったのだけれど「今はスマホも安くなってるんだよ」と忍が教えてくれ、さらに購入から設定まで手伝ってくれた。

おかげで美織とメッセージアプリで連絡が取れるようになったことに月葉は喜び「まあ認めてあげてもいいかな」なんて忍に対して態度が軟化したのだ。

そんなことを思い出しながらメッセージアプリを立ち上げる。朝、月葉から《おはよ》と描かれた猫のスタンプが届いているだけで他に未読のメッセージはなかった。どうかしたのだろうか。一度、こちらから連絡を入れてみる？　でも、今学校に向かっているところだとしたら邪魔になるかもしれない。

グルグルと回り続ける思考にふと笑ってしまいそうになる。たった五分、忍がいつもよりも来るのが遅いだけでこんなにも心配になるなんて、今までの自分からすると有り得ない話だった。

家族のために生きているだけだったはずの自分が、こんなふうに誰かのことを想うようになるなんて。

どこかくすぐったくてあたたかくて、胸がいっぱいになる。こんな感情を教えてくれたのは、紛れもなく忍だった。

やっぱり連絡を入れてみよう。なんでもなければそれでいい。

忍の名前をタップして、メッセージの入力をしようとした。

そのとき、教室のドアが開いたのに気付いた。

そこには雨に濡れた忍の姿があった。男子たちが「なんで傘差さなかったんだよ」と笑いながら忍の頭を小突くのが見える。

「捨て猫に傘あげちゃってさー」

なんて笑っているのを見て安心する。先走ってメッセージを送らなくてよかったかもしれない。ポケットの中にスマートフォンを戻そうとすると、メッセージの通知を知らせるように震えた。
月葉からだろうか。画面を確認すると、そこには忍の名前が表示されていた。
《おはよ。遅刻ギリギリになっちゃった》
メッセージにふっと自分の頬が緩むのを感じる。慌てて表情を戻すと、美織は画面をタップした。
《おはよ。猫に傘あげたってホント？》
《ホント。来る途中ににゃあにゃあ鳴いててさ》
ノータイムで届くメッセージ。忍が猫に傘を差すところを想像して笑ってしまいそうになるのを必死に堪える。
《今笑ったでしょ》
続けざまに来たメッセージにドキリとして顔を上げた。教卓の前の席から忍がこっちを見ているのが見えた。
「(おはよ)」
口パクで忍が言うのが見えて、美織はそっと手を振った。こんなふうな何気ないことがとっても幸せだと、そう思う。そう思えることが、凄く嬉しい。
《他にも理由あるんだけど、そっちは放課後話すよ》

メッセージを見て顔を上げると、忍は何もなかったかのように他の友人たちと話していた。他にも理由があった、とはいったいなんなんだろう。何かあったのだろうか。

不安な思いを押し込むように、美織はスマートフォンをポケットへと入れるとスカートの上からぎゅっと握りしめた。


放課後に対して、楽しみとか嬉しいという感情が美織にはなかった。学校が終われば父親のところへ行き、バスに乗って家に帰り、晩ご飯を作る。それが当たり前で、それ以外なんて考えることもなかった。モノクロの世界に生きているかのようだった。けれど、そんな美織の放課後に彩りを与えたのは間違いなく忍だ。忍がいなければきっと今も美織にとっての放課後は何の楽しみもない時間のままだった。

忍と出会って、放課後どこかに行くことの嬉しさを、誰かと時間を忘れるほどお喋(しゃべ)りすることの楽しみを知った。

なのにそんな放課後が、今は怖い。遅刻してきた理由とは何なんだろう。あんな言い方をするぐらいだ。猫に傘を差したのとは違う、もっとちゃんとした理由があるんだろう。

些細なことならあのメッセージで言ってもいいはずだ。でもそうじゃない。書き方的にいい話ではないのではないか。

早く何の話かを聞きたい気持ちと、悪い話を聞くのが怖くて逃げ出したい気持ちがせめぎ合う。せめて今日だけは時間が経つのが遅ければいいのに。そう願うけれど、いつもと同じように。ううん、意識している分いつもよりも早く放課後はやってきた。

「帰ろうか」

帰る支度を終えた忍が美織の元へとやってくる。準備なんてとっくに終わっているのに、グズグズと机の中を確認したり机の上に落ちた消しくずをまとめたりしていた美織は、そばに立つ忍の姿にようやく諦め立ち上がった。

「うん」

隣に並んで歩くけれど、空気はいつものように明るいものではない。まるで雨はやんだもののいつまた降り出すかわからないといった、どんよりとした重さを漂わせている窓の外の空のようだった。

「美織？」

忍は突然立ち止まった美織を不思議そうに振り返る。

「どうかした？」

「……どうか、したの？」

「や、それを今尋ねてるんだけど」

質問に質問で返した美織に忍は首をかしげる。そんな忍に、美織はもう一度尋ねた。

「どうか、したの?」

美織の言葉の意図がようやくわかったのか「あ──……」と呟き頭を掻くと申し訳なさそうに眉尻を下げた。

「ごめん、もしかして朝のメッセージ気にしてた？」

「してるに、決まってるでしょ」

「そっか、そうだよね。あーごめん、ほんっとごめん」

両手を合わせると忍は勢いよく頭を下げた。突然のことに美織は戸惑いを隠せない。

「あの……」

「えーっと、朝のはさ、これのことなんだ」

忍は額にかかった前髪を掻き上げる。するとそこには目立つ大きな傷跡があった。

「それって」

「子どもの頃にさ学校のブランコから落ちてできた傷、らしい」

「らしいって？」

「記憶がないんだ。落ちて頭を打ったショックでその日までの記憶が全部」

「そんなことって」

ドラマか漫画の中でしか聞かないような話で、これが忍の言葉じゃなければすんなり信じることは難しかったかもしれない。

けれど忍がそんな嘘をつくような人じゃないことをこの二ヶ月で美織はよく知っていた。

「今はもう、大丈夫なの？」

「ほとんどね。ただ、こんな雨の日にはどうしても傷が痛んじゃって。それで今日、なかなか家を出られなかったんだ」

「そっか、それで」

「連絡しなかったから心配したよね。それに朝のメッセージも。中途半端に説明して心配かけるよりあとできちんと話した方がいいと思ったんだけど、よけいに気にさせちゃったね」

もう一度「ごめんね」と申し訳なさそうに忍が謝るから、美織はもういいよと首を振った。たしかに頭の傷が痛んで、なんて聞いていたら余計に心配したし不安になったと思う。父親のことがあったから余計に、だ。

「でも記憶がないってちょっと怖いね」

口に出してしまってから自分の失言に気付き慌てて口を押さえた。

「ご、ごめん。私」

「ううん、別に謝るようなことじゃないよ。うん、そうだね。怖いと言えば怖いし、怖くないと言えば怖くないかな」

「どういうこと？」

「美織はさ、小さい頃のことって何歳ぐらいまで覚えてる？　十歳？　七歳？　五歳？　もっと小さな頃のことも覚えてる？」

言われて考えてみると、断片的な記憶はあれどはっきりと何歳のとき、と覚えているのはそれこそ小学校に上がってからかもしれない。特に父親が事故に遭うよりも昔のことはふわっとしか覚えていない。

「意外とみんな小さい頃の記憶なんてあやふやで覚えてないんだよ。だから怖くない。でも、自分だけが知らないことがあると思うと少しだけ怖い」

忍は少し黙り込むと「歩きながら話そうか」と美織に声をかけ歩き出す。その背中を慌てて追いかけると美織は隣に並んだ。

隣を歩く忍はまっすぐ前を見ているようで、どこか遠くを見ているようにも見えた。

「さっき子どもの頃の記憶がないって言ったよね。怪我をしたのが十歳の頃なんだけど、それ以前のことは両親も色々話してくれるんだ。もちろん写真だって残ってるから見せてくれる。でも、肝心なことになるとどこか歯切れが悪くて、何かを隠してるんじゃないかって思ってしまう。どこの小学校に通っていたとか、なんで転校することになったのかとか、そういうの全部教えてくれない」

「それは、たしかに気になるね」

「でしょ。今回、この辺の学校に転校するのも本当は凄く反対されたんだ。最初候補に挙げてたところは全部ダメで、今の学校も渋々って感じでさ。だから、もしかしてこの辺りに昔住んでいたんじゃないか、何か思い出して欲しくないことがあるから、そのせいで反対したり隠したりするんじゃないかって、そう思った。だから教えてもらえないのなら、自分で探そうと思ったんだ」

忍の言うことは正しいのかもしれない。でも。

「怖くないの？　何か、思い出したら辛くなることがあるかもしれないよ」

「それでも、思い出したい。だってそれも含めて俺なはずだから」

きっと美織が何を言っても忍は失った過去を探すだろう。それなら。

「じゃあ、私も一緒に探す」

「ホントに？　いいの？」

「うん。その代わり、何があってもちゃんと私にも教えて。それが忍くんにとってどんなことだったとしても、一人で抱え込もうとしないで。私がそばにいるから」

美織は忍の手をぎゅっと握りしめる。忍は少し驚いたような表情を浮かべたあと微笑むと「ありがとう」と言って美織の手を優しく握り返した。

何があったとしてもこの手を離さずにいよう。どんなことが待ち受けていたとしても自分だけは忍の味方でいよう。そう強く思いながら、美織はもう一度忍の手を握りしめた。

忍の考え通りなら、きっとこの市のどこかに忍の通っていた小学校があるはずだ。とりあえず高校の周辺にある三校をピックアップする。これが違えば今度は隣の町の小学校に、その次はまた。そうやってしらみつぶしに探していく以外に方法はなかった。

その日、学校から近い順に二校、小学校を回ってみた。外から見ても特に思い出すものはなく、そもそも忍の言っていたブランコもその二校にはどうやらないようだった。

もしかすると怪我をしたのがきっかけでブランコを撤去したのかもしれない、そう思い運動場にいた用務員のおじさんに尋ねてみたけれど、昔からブランコなんて置いていなかったと言われてしまう。

「ここも違ったかー」

二校目の帰り道、隣を歩く忍は残念そうにため息を吐いた。もう随分と日が暮れ、父親の病院へと向かわなければいけない時間が迫っていた。

「ごめんね、付き合わせたのに全然で」

「なんで？　今日始めたばかりなのにそんなすぐに見つかるわけないよ。時間はいっぱいあるんだし、また今度他の学校も回ってみよ？」

「……ありがと」

ぎゅっと握りしめた手を忍は握り返す。忍は美織を付き合わせたのに思い出せることがなくて申し訳なく思っているようだけれど、美織はほんの少しだけホッとしていた。

忍の両親が徹底的に隠してきた過去。それを本当に暴いてしまっていいのだろうか。何かあったときにそばにいるとは言ったけれど、何もないに越したことはない。それならいっそ、記憶が戻らなければ。そんなふうにさえ思ってしまうのだ。

あと少しで病院に着く。そんなタイミングで、後ろから聞き覚えのある声が聞こえた。

「あれ？　姉ちゃん？」

「……春人？　なんでこんなところに」

「俺は母さんに頼まれたものがあって父さんに持ってきたんだ。姉ちゃんこそ——あ、はいはい。そういうことね」

春人は美織と隣に立つ忍の姿を見比べ、そして繋いでいる手を見てニヤリと笑った。

「最近、妙に楽しそうだと思ったら彼氏かー。へえ、姉ちゃんもやるじゃん」

「なっ、ち、ちが……わ、ないけど。えっと、その」

「前に言ってた小学生の弟さん？」

「あ、うん。春人っていうの。春人、こちらは」

「はじめまして、日下部忍です。春人くんって呼んでもいいかな？」

「……日下部、忍……さん？」

忍の名前を聞いた春人の表情がなぜか曇った気がした。どうかしたのだろうか。

「春人？」

「……変なこと聞いてもいいですか？」

「え？」

「春人、何を言う気なの！」

「姉ちゃんは黙ってて。……ねえ、日下部さん。もしかしてだけど、日下部さんってこの辺に住んでませんか？」

春人の質問の意図がわからない。どうしたらいいかと焦る美織とは対照的に、忍は春人の言葉に引っかかるものを感じたのか、しゃがむようにして視線を合わせると口を開いた。

「今は違うところに住んでるけど、君の言う通り俺は昔この街に住んでいた——と、思う。でも、どうしてそう思ったの？」

「……やっぱり」

けれど、春人は忍の問いには答えず「行こう」と美織の手を引っ張った。

「ちょっと、春人！」

「早くしないと面会時間終わっちゃうよ。これさっさと持って行くようにって言われてるんだ」

「春人！　ああ、もう！　ごめんね、忍くん。また明日！」

「……うん、また明日」

何か言いたげな表情を浮かべていたけれど、そう言うと忍は美織に手を振りその場を後にする。

「ねえ、春人！　どういうつもりなの？」

「……………」

「春人ってば！」

問いただそうとするけれど、美織がどれだけ尋ねても春人が何かを言うことはなかった。

いったいさっきの質問で春人は忍の何を確認したかったのだろう。

その答えは結局わからないままだった。

翌日、美織は朝から行方不明になったスマートフォンを探し遅刻ギリギリだった。

結局、見つけることはできず、家の中にあることは確かだから帰ってから探そうと諦めて学校に来た。

「おはよう」

「おはよ」

昨日のことを謝りたいと、教室に着いた美織は自分の席に座る忍の元へと向かった。

「昨日は弟が失礼なことを言っちゃってごめんなさい」

「ううん、大丈夫だよ」

「ホントごめんね。今日も小学校回る？　昨日行けなかった一校と──」

「それなんだけど」

美織の言葉を遮ると、忍は申し訳なさそうに両手を合わせた。

「今日の放課後、ちょっと用事が入っちゃって行けなくなったんだ。だから明日以降でもいいかな？」

「そうなの？　うん、わかった」

放課後、忍が用事があるというのは珍しく意外に思ったけれど、そんな日もあるだろう。それじゃあ今日はまっすぐに父親のところに向かって、それからたまには早く家に帰ろう。

そういえば最近ずいぶんと春人の宿題を見ていない。久しぶりに見るのもいいかもしれない。

そんなことを考える美織の隣で、忍がどこか浮かない表情を浮かべているのが気になった。

「何かあったの？」

「え？　どうして？」

「なんか、暗い顔してるから」

「そうかな？　あ、そろそろ先生来るよ」

忍がそう言うと同時に教室のドアが開き、担任が姿を現した。

上手くごまかされてしまったような気がする。いったいどうしたんだろう。

美織は胸の奥のざわつきをどうしても抑えられずにいた。

結局、一日中忍は浮かない表情をしていた。「どうしたの？」と尋ねても「なんでもないよ」としか言ってくれない忍に少しだけ不安になった。

「それじゃあ、また明日」

「あ、うん。また明日」

ホームルームが終わると、忍は用事とやらのためにどこかへと向かう。美織は美織でこのあと父親の病院へと向かうだけ、なのだけれど。

「……ごめんね」

どうしても気になって、美織は忍のあとをついていった。どこに行くのだろう。誰と会うのだろう。いったい何があったのだろう。

「あれ？　この道って」

見覚えがある、どころか美織にとって通い慣れた道のりを忍は歩く。電車通学の忍が向かうはずのないバス停への道のり。これは、美織の帰宅ルートだ。まさか、そんなことがあるわけない。たまたまこっち方面に用事があっただけだ。そう思うのに、忍は迷うことなく美織の自宅方面へと向かうバスに乗った。美織は同じバスに乗り込むことに躊躇いを覚えながらも、忍に気付かれないよう少し混み合うバスに足を踏み入れた。バス前方に立つ忍とは反対のバス後方で、忍に背を向けるように立つ。どんどん近づいていく自分の家に、美織の心臓は痛いぐらいに鳴り響く。

そして——忍は、いつも美織が下りる停留所でバスを降りた。美織もそっとそのあとに続く。気付かれるのではないかとヒヤヒヤしたけれど、何か考え事をしているのか、俯きながら歩く忍が美織に気が付くことはなかった。

やがて忍は、一軒の家の前で立ち止まる。そこは紛れもなく、美織の自宅だった。

チャイムを押した忍を出迎えたのは——春人だった。

「迷いませんでした？」

「大丈夫だよ」

「……姉ちゃんは」

「お父さんのところに行くって言ってたから」

「そうですか。……上がってください」

春人は玄関の外を確認し、そして忍を家の中に招き入れた。

二階にある春人の部屋のカーテンが閉まるのを確認すると、美織はそっと裏口へと向かった。美織の持っている鍵で裏口のドアを開けると、そっと家の中へと入った。

心臓の音がうるさい。どうしてこんなふうにコソコソしなければいけないのか。

『あれ？　こんなところで何やってるの？』と、明るく声をかければよかったのではないか。そんなことを思うけれど、二人の先程の空気を思い出すと決していい話じゃないことはわかる。

足音を立てないようにそっと二階へと上がった。自分の部屋を通り過ぎ、春人の部屋の前に立つ。

中からは二人の声が聞こえてきた。

「それで、俺の過去を知ってるってどういうこと？　美織の、お姉さんのスマホを使ってまで連絡してきて」

忍の言葉で、美織は自分の行方不明だったスマートフォンを春人が持っていることを知った。

でも、なんで。どうして春人がそんなことを？　そもそも、忍くんの過去を知っているってどうして——。

疑問ばかりが頭の中に浮かんでくる。

忍の、そして美織の疑問に答えるように春人は話し始めた。

「うちの父親のこと、どこまで知っていますか？」

「……いつも美織が見舞いに行っている病院に入院している、としか」

「ホントにそれだけですか？」

「……それ以上のことは美織からは聞いていない。でも療養病院に長期で入院しているってことだから、ある程度の想像は、ついているよ」

「……そうですか。うちの父親はいわゆる植物人間です。意識もなく、あそこで生かされているだけ。どうしてかわかります？　あなたのせいです」

「俺、の？」

思わず声を上げそうになるのを必死に堪えた。どういう意味？　そんなわけないでしょ。何を言っているの。そう言って部屋に飛び込みそうになるのを必死に堪えた。

春人は話を続ける。

「七年前、父親は事故に遭いました。不幸な事故です。横断歩道を歩いていた子どもに、赤信号を無視した車が突っ込んできた。咄嗟にその子を庇い、父親はその日から植物人間になりました」

「まさ、か」

「噂好きの親戚の言葉を頼りに、図書館で当時の新聞記事を探したから確かです。そこには庇われたけれど、怪我をした子どもの名前も載っていましたよ。当時十歳の日下部忍くん。……あなたですよね」

「嘘だろ……」

ガタン、と何かが倒れた音が聞こえた。けれど、自分が嗚咽を漏らさないようにするのに必死で、美織は中のことまで考える余裕はなかった。袖口を噛みしめていないと、今にも泣き声で聞き耳を立てていることがバレてしまいそうだった。

「あなたが悪いわけじゃないってわかってる。でも、あのとき父さんがあんたのことを助けなければ、父さんは今もこの家で笑ってて、母さんだって姉ちゃんだって何の苦労もしなくてよかったって思うと、どうしても俺はあんたのことが許せないんだ」

「………」

「頼むから、俺たちの前から……姉ちゃんの前から、消えてください」

絞り出すように春人は言う。その返事を忍がなんてしたのかはわからない。ただ、その場から動けずにいた美織のそばで春人の部屋のドアが開き、忍が出てきた。

「あ……」

一瞬、傷ついたような表情を浮かべた忍は、美織から顔を背けると、何も言うことなくその場を立ち去った。

残された美織は、部屋の中で春人が泣く声を聞きながら、自身も声を押し殺して泣き続けた。

翌日、学校に行くと忍の姿はなかった。翌日も、また翌日も。連絡を入れてみようかと考えたこともあった。

けれど、春人によって美織のスマートフォンからは忍の連絡先は消されていたため、連絡をすることもできない。誰かに連絡先を聞くのも『どうして消したの？』と尋ねられるかと思うと躊躇われた。

それでもどうしても心配で担任に尋ねると「家庭の事情でしばらく休むそうだ」と言われた。『しばらく』ということは、そのうち学校に来るのだろうか。ならその時に話をしよう――。そう、思っていた。

それから数日後、担任の口から、突然ではあるけれど、忍が家庭の事情で再度転校することになったと伝えられた。

その瞬間、美織は悟った。忍は美織のために姿を消したのだと。美織と、美織の家族への贖罪のために。

空っぽになった席を見ながら、美織は春人から返してもらったスマートフォンを操作する。今はもう消されてしまった連絡先から今朝届いた、最後のメッセージ。

《大好きだった》

その一言に美織は、もう一度涙を流した。

諦めずに手を伸ばすことを教えてくれた。望めば叶うかもしれないと、気付かせてくれた。

忍が初めてだった。こんなふうに誰かのことを好きになって、そばにいたいと思ったのは。

なのに、そんな感情を教えてくれた忍はもうそばにいない。こんなにも好きにさせておいて、現れたときと同じように突然いなくなった。

まさか父の事故に、忍が関わっていたなんて思わなかった。

父を想う気持ちと、忍のせいではないと、悪いのは信号無視をした車なのだと、そう思う気持ちが入り交じる。

忍の過去に何かあったのなら、手を離さないでそばにいようとそう思っていた。けれど、それが忍なりのけじめの付け方だったのだとしても、こんなにもあっけなく、手を離されてしまうなんて。春人に美織の前から消えてと言われたからといって、この決断はあまりに勝手で、あまりにも辛い。

でも病院で眠る父を、家族のために働く母を、そして姉のことを想い忍に語りかけていた春人のことを思うと、どれだけ望んでも、もう二度と会ってはいけない人だと思うし、望むことすら、いけないことだ。

そう、わかっているのに。

「消せないよ」

削除のボタンを何度押そうとしても押すことはできない。

削除しますか？　と書かれた文字の上に、美織の涙が一つぽたりと落ちた。それは消せない美織の想いを表しているかのようで、切なくそして空しく滲んで見えた。

このまま別れた方がいいと頭では理解していた。幸せな夢を見ていたのだと、そう思う方がいいとわかっていた。けれど、

『諦めなきゃなんでもできるんだよ』

忍が言った言葉が、美織の中でよみがえる。何もかもを諦める必要なんてないと、そう教えてくれたのは、他でもない忍自身だ。

もしもこのまま離れることになったとしても、それでも、もう一度だけ忍に会いたい。会って、それで、それで——。

ガタン、という音を立てて美織は立ち上がると教室を飛び出した。

「美織ちゃん!?」

「みーちゃん!?」

美織を呼ぶ月葉たちの声が聞こえたけれど、美織が足を止めることはなかった。

何気なく聞いておいた住所が、こんなところで役に立つなんて――。

忍の家に向かいながらスマートフォンを操作すると、メッセージアプリの通話ボタンを押す。コール音が何度も鳴り響くけれど、忍の声が聞こえてくることはない。

もう間に合わないかもしれない、行ったってきっと会えないから諦めよう、今までの美織ならそう考えて諦めていた。いや、こうやって教室を飛び出すことだって絶対になかった。美織を変えたのは、間違いなく忍だ。

忍がいなければきっと今も美織は、自分自身の感情から目を逸らし続けていただろう。何の希望も抱くことなく、自分の意思を殺し、まるで死んだように生きていたはずだ。

だから、せめて伝えたい。どれだけ忍に感謝しているかを。どれだけ、忍のことを想っていたかを。

「忍くん！」

「……美織」

車に乗り込もうとしていた忍は、美織の姿に少し驚いたような表情を浮かべ、それから覚悟を決めたように目を閉じた。

運転席に座る父親に何かを耳打ちすると、車は出発しその場には美織と忍の二人だけが残された。

「あ、あの、車」

「ああ、大丈夫。向こうまで、俺だけ電車で行くって言ったから」

「ごめん、私が急に来たから」

「ううん、俺の方こそ。……ちゃんと話をすることもなく、逃げてごめん」

「そんなこと……」

言葉を続けることができず、黙り込んでしまう美織。伝えたいことがあったはずなのに、いざ忍を前にすると、上手く言葉が出てこない。

そんな美織に忍は「歩こうか」と声をかけた。

「駅に行くから、そこまで一緒に来てくれる？」

「……うん」

これが二人並んで歩く最後だと、お互いにわかっていた。どちらからともなく繋いだ手。そっと握りしめると、忍も握り返してくれる。そんな些細なことが、今の美織には泣きたいぐらいに嬉しい。

ただ二人、無言のまま駅までの道のりを歩いた。十分程度の距離が、何十分にも、それから一瞬にも感じられる。

　このまま時間が経たなければいいのに。今、この瞬間のまま時が止まってくれればいいのに。そんな美織の願いも空しく、視界の先に駅が見えてきた。

　改札前に向かうと、ちょうどあと十分ほどで忍が乗らなければいけない電車が来るようだった。

「……美織」

　忍が、美織の名前を呼ぶ。

「俺――」

「待って」

　何かを言いかけた忍の言葉を美織は遮ると、まっすぐに忍の瞳を見つめた。

「ありがとう」

「え……？」

「私に、諦めなくてもいいんだって、教えてくれてありがとう」

　美織の言葉に、忍は「そんなことない」と呟きながら、何度も首を横に振った。

「俺がいなければ、そもそも美織は何かを諦める必要なんてなかったんだ。俺を、助けたせいで……美織のお父さんは……。美織から、たくさんのものを奪って、本当にごめん」

「そんなことない！　確かに、お父さんの事故のきっかけは忍くんなのかもしれない。でも、本当に悪いのは信号無視をした車であって忍くんじゃないよ。……それに、助かったことを忍くんが後悔しているなんて知ったら、きっとお父さんが悲しむと思う」

「……うん」

「だから、お父さんが助けた命で、幸せに生きて。きっとそうしてくれることを、お父さんも望んでいると思うから」

言葉にならない声で「うん……うん……」と何度も何度も頷く忍の頬を、涙が伝い落ちるのが見えた。

助かったことを申し訳なく思わないで欲しい。それも美織の本心だ。そして――。

「もう、忍くんとは会わない」

「……うん」

「私のことを想ってくれる家族を傷つけないために。忍くんのことは大好きだけど、大切だけど……」

「わかってる。俺も、美織には会わない。もう、二度と」

必死に我慢していた美織の目尻にも涙が溢れ、こぼれ落ちた。

「大好き」

「大好きだよ」

「一緒に過ごした時間、凄く凄く楽しかった」

「俺も、美織と一緒にいられた日々が本当に幸せだった」

「私を変えてくれて、ありがとう」

お互いに涙でぐちゃぐちゃになった顔で笑い合い、繋いでいた手を離し、それから背を向けた。

もう二度と振り返らない。振り返ってはいけない。どれだけ想い合っていたとしても、この想いだけは貫けない。

諦めるわけじゃない。ただ、忍への想い以上に、大切なものがあったのだ。

「っ……うっ……ううっ」

改札から見えないところまで走ると、美織はその場にしゃがみ込んで、大声を上げて泣いた。忍への想いを、涙と一緒に流しきってしまおうとするかのように。

――数分後、美織は立ち上がると、手のひらで涙を拭い前を向いた。

美織は生きていく。自分自身で選んだ、自分自身の人生を。

もう二度と会うことはない、大切な人が教えてくれた言葉を、胸に抱いて。

十六夜の月が見ていた

犬上義彦

「月がきれいですね」と彼は言いました。
「ええ、本当に」と彼女は言いました。
寄り添う二人を青い光が照らしていた。

昔の人に文句を言いたくなることがある。

何気なく言った一言によけいな意味が付け加わってしまうのだ。

二月のその日、俺たち私立啓明館学園高校の一年生はスキー教室で群馬の山奥に来ていた。

昼間はそれぞれの経験度に応じてインストラクターの指導を受けながら滑り、夕食後はナイトスキーを自由に楽しむことになっていた。

俺は小学生のときに親に連れられて習ったことがあったから一応中級者程度には滑れたけど、そのことは黙っていた。

ブランクがあって覚えているか不安だったし、できれば楽をしたかった。

『まずは立つところから始めましょう』という初心者向けの講習を受けながら、『なんだ斉藤君って、意外とセンスあるじゃん』と点数稼ぎをする魂胆だったのだ。

実際、計画通りで順調だった。

ギャル女子軍団に囲まれて『ウエーイ！　うちらできるじゃん！』とハイタッチで盛り上がったし、俺に突っ込んできた委員長の鞍ヶ瀬柚が立ち上がるのに手を貸してやったら、耳を赤く染めて『ありがと』なんて言われたり、ドキドキイベントもあって楽しかった。

ふだん女子と接点のない俺でもこうなんだからゲレンデマジックってやつはすげえ

よな。

ただ、ちょっと調子に乗りすぎていたのかもしれない。

夕食後の自由時間にナイトスキーに出て行く連中に俺も混ざって中級コースを颯爽と滑り降りてきたところで、空なんか見上げたのが間違いだった。

照明がゲレンデをくまなく照らしていたせいで星は見えにくかったけど、開けた正面の夜空に大きな満月が浮かんでいた。

正月なんかとっくに過ぎているのに、餅つきに精を出すウサギの姿が大きい。

青い光が闇に沈んだ白い稜線をくっきりと際立たせている。

こんなとき、人はなんて言う？

「月がきれいだな」

その通りだ。

俺は間違っていない。

そしたら、すぐ横から、思いがけないことを言われてしまったのだ。

「何、ソーセキ？」

はあ？

ていうか、誰？

まわりを見回すと、さっきまで誰かしら仲間がいたはずなのに、みんないなくなっていた。

その代わり、一人ぼっちの俺の横には見知らぬ女子がこれまた一人で立っていたのだ。

ゴーグルを上げているので表情は分かる。

まつげの濃い目で俺をじっと見つめている。

つんととがった鼻の先が真っ赤だ。

「ソーセキって？」

珍しい石かなんかか？

彼女の視線に軽蔑の色が混じる。

「もしかして、夏目漱石も知らないの？」

ああ、夏目漱石ね。

もちろん名前くらい知っている。

本は読んだことないけどな。

あ、なんか一つだけ知ってるかも。

自分の都合で友達に身代わりを押しつけたくせに、走るの疲れたとかなんとか愚痴ばかり言ってなかなか戻ってこないやつだろ。

「それ太宰だから」

彼女はまるで俺の心を読んだかのように鼻で笑った。

「いや、あれだろ、国境の長いトンネルを抜けると猫がいたとか。名前がないんだよな」

ふだんあまり女子としゃべったことのない俺だから、急に動揺してしまって、よけいなことを口走ってしまった。

「何それ、異世界物？　文豪なのにネット時代先取りじゃん」

あきれたような顔で返されると、俺も何も言えなくなってしまう。

すると、彼女がくすくす笑い出した。

「すべってるよ。スキー場だけに」

知るかよ。

「だいたいそれ、『雪国』の冒頭混ざってるでしょ。川端康成（かわばたやすなり）」

ふうと一呼吸おいて、あたりを見回しながらまた笑い出す。

「あれ、ていうか、もしかして、ここ雪国だから？」

ち、ちげえし。

彼女の笑いが止まらない。

「あー、ごめん気づかなかった、マジで、ゴメン。うまいこと言ったつもりだったんでしょ。そういえば、あのトンネルって、新潟（にいがた）との県境だからここからも近いんだよね」

俺は何か反論しなければと言葉を探したけれど、焦れば焦るほど頭の中が真っ白になっていく。

いや、べつにゲレンデみたいとかじゃないから。

湯気が出そうなほど熱い顔を空へ向けると、また満月が目に入って動揺が加速する。

……もうだめだ。

俺が黙り込んでいるからか、彼女も少し真面目な顔になって同じ満月の方へ視線を向けた。

「教師をしていた夏目漱石がね、英語の『アイラブユー』を『私はあなたを愛しています』と訳した生徒に、日本語ではそういう直接的な表現はしないものだってたしなめたんだって」

へえ、そうなのか。

まあ、たしかに、『私はあなたを愛してます』なんて、俺も言ったことがないし、この先もそんなチャンスが来るとは思えない。

ただそれは、俺が彼女いない歴イコール年齢の非モテ男子だからであって、文豪とは関係がないけどな。

「それでね、そんなとき日本では、『月がきれいですね』って言うものだって教えたんだって」

はあ？　なんだそれ。

「全然違うじゃん。月がきれいなのとコクるのになんの関係があるんだよ」

「さあ、それが文学っていうものなんじゃないの」

「べつに俺は文学なんて関係ないし」

彼女が俺の顔を見て微笑みを浮かべている。

「本当は知ってたんじゃないの？」

いや、知らなかったし。

ていうか、俺、いつのまにかコクったことになってるのか？

「ち、ちげえから」と、俺はあわてて否定した。

「なんでよ？」と、彼女が口をとがらせる。

なんでよって、なんでよ？

「俺はただクラスの男子連中がいると思ったからつぶやいただけだよ」

「でも、聞いてたのは私だったでしょ？」

「だから、それはただの間違いで……」

すると、彼女が人差し指を立てて言葉をさえぎった。

「私じゃだめなの？」

「偶然だったかもしれないけど、こんないい月が出てるのに、一人が好きなの？」

はあ？

「だから、べつに……」

彼女が人差し指を振る。

「今のは尾崎放哉って言ってくれなくちゃ」

誰、それ？

俺は完全に言葉を失っていた。

次から次へと話題が変わってついていけない。

女子慣れしていないせいで、会話の容量が昭和のゲーム機並みなのだ。

頭の中に『GAMEOVER』のドット文字が点滅している。

そんな俺の表情をのぞき込むようにしながら彼女は背中に手を回して首をかしげた。

「スーパームーンって知ってる？」

「なんだそれ」

「いつもより満月が大きいんだって」

「月の大きさが違う？　なんで？　風船みたいにふくらむのか？」

「月と地球の距離ってだいたい三十八万キロメートルなんだけどね」

「そんなのよく覚えてるな」

「日本の面積も約三十八万平方キロだから、数字が同じで覚えやすいでしょ」

「月とニッポンじゃ、全然関係ねえし、面積と距離じゃ単位が違うじゃんよ」

「キミさ、意外と細かいね。ていうかさ、今のも『月とスッポン』にかけてるの？」

「かけてねえし」

「ホントかなあ。ダジャレ好きなの？」

「いや、そっちだろ。なんでもからめてるのは」

　少し苛立ってしまったせいで口調がきつくなっていたことに気づいて、俺は強引に話を元に戻していったん心を落ち着かせようとした。

「で、それで？　距離が何だって？」

「月が地球のまわりを回るときの軌道って完全な円じゃなくて、微妙に変化してるんだって」

「へえ、そうなのか」

「けっこうグニャグニャと波打った楕円みたいよ」

「ちゃんときれいに回ればいいのにな。その方がめんどくさくないだろうに」

「月と地球と太陽の引力がお互いに影響しちゃって、逆にその方がバランスが取れてるんだって」

「三角関係ってのは星でも微妙なもんなんだな」

「キミだって関係ないものをつなげちゃってるじゃん。恋と天体はなんの関係もないでしょ。それとも何よ、星も恋もどっちも男のロマンとか言うわけ？」

「そんなこと言ってないだろ」

「赤くなっちゃって」

マジかと少しあわてたけど、照明を背にした俺の顔色の変化が分かるわけがないことに気づいた。

「暗くて見えないだろ」

「耳、赤いよ」

「寒いからだよ」と、俺はわざとらしく白いため息を吐き出した。「そんで、さっきの話は？」

脱線ばかりで話が進まない。

ただ、俺の方もその会話のリズムになじんできたような気はしていた。

ああ、そうそうと微笑みながら彼女が話を続ける。

「だから微妙に距離が変わるから、近いときと遠いときで見え方が違うんだって。ほら、離れると顔が小さくて……」

彼女がストックを雪に刺してよいしょと一歩下がる。

たしかに、顔どころか全体が見える。

ウェア越しでも細身なのが分かる。

ただ、なんとなく、スタイルが良いというよりは華奢(きゃしゃ)という印象だった。

「それで、近づくと……」

彼女が今度はストックを引き寄せるように前に出た。

ちょっと勢いがついて、いきなり鼻がくっつきそうなくらいの距離になる。

俺は思わずのけぞってしまった。

「なるほどね。地球に近づいてるときは同じ月なのに大きく見えるわけか」

平静を装ってみせたけど、こめかみの血管が破裂しそうなほどに脈打つ。

顔が火事になりそうだ。

鼻の頭に汗がにじみ出てくる。

俺が理解したことに満足したのか、彼女は満面の笑みを浮かべていた。

「そう、それが今夜なんだって」

「ふうん」

「何よ、つまんない反応」

笑顔から一転、ため息をつかれてしまった。

「いや、つまらないことが気になってさ。スーパームーンの反対はなんて言うんだろうな。小さく見えるときだってあるんだろ」

もちろん、俺だってそんなの知りたいわけじゃない。

動揺をごまかすためのでまかせだ。

ウェアの中が汗だくだ。

「……そんなの知らない。ホント、つまんない。あのね、私はスーパームーンの話をしてるの」

急にふてくされて、ようやく一歩下がってくれた。

と思ったら、今度は腕を真っ直ぐ伸ばして俺のウェアの袖をしっかりとつかんだまま離さない。

なんだよ。

どうしたんだよ。

「ねえ、私を下まで連れて行ってよ」

「なんでよ」

「こわいから」

もうここは初心者コースだぞ。

たいした傾斜じゃない。

「べつにこれくらい平気だろ」

「高さはそんなでもないんだけど、坂道を滑っていく感覚がこわいの。落っこちるみたいだし、止まれなかったらどうしようって不安」

からかっているのかと思ったけど、どうやらそうでもないらしい。

寒さも半分くらいはあるんだろうけど、俺の袖をつかむ彼女の手から震えが伝わってくる。

「一人でどうにもできなくなっちゃって、困ってたのよ」

袖を振りほどこうとしても、どこにそんな握力があるんだろというくらいがっちりつかんで放してくれなかった。

彼女の視線が俺を真っ直ぐに射貫いている。

わがままなくせに、正直で、弱みを見せるくせに意志が強い。

おまけに、美人だ。

非モテ男子の俺なんかが断れる相手ではない。

「分かったよ。下まで一緒に行けばいいんだろ」

俺がそう観念すると、彼女はそっと袖を放してから、改めて手を差し出してきた。

これはどうしたらいいんだ？

手を握るのは恥ずかしい。

手袋してるけどな。

よく考えたら、あのまま袖をつかんでくれていた方が良かったんじゃないだろうか。

ためらっている俺の顔を見上げながら彼女が微笑む。

「私、十二組の下志津奈緒(しもしづなお)。よろしくね」

俺たちの私立高校は超マンモス校で、一年生だけで七百人くらいいる。

顔も知らないやつの方が多い。

「あ、斉藤佑也(ゆうや)っす。俺は三組です」

「ふうん、佑也君か……」

ユウヤユウヤと何度か俺の名前をつぶやきながら最後に、いい名前だねと言った。

そんなこと言われたの初めてだ。

ちょっと照れくさくなっていたら、彼女が思いがけないことを言い始めた。

「実は私、幽霊なんだ」

はあ?

「うそだと思うなら触ってみてよ」と、さらに手を突き出してきた。

そこまで言われて握手をしないのも悪いと思ってその手に触ろうとすると、少し臆(おく)病(びょう)そうに手を引っ込める。

なんだよ、触れと言ったくせに。

「びっくりしないでね」

月明かりに照らされて、ゲレンデから浮き上がるように彼女の姿がくっきりとする。

大きな目で真っ直ぐに俺を見上げたまま彼女は動かなくなった。

俺の口からは白い息が出ているのに、彼女の周囲の冷気はまるで凍りついてしまったかのようだった。

改めて俺はおそるおそる手を差し伸べた。

もちろん幽霊だなんて信じてはいない。

そもそも今俺の袖をつかんでいたじゃないか。

幽霊は人の袖を引っ張ったりしないだろう。

あれ、でも、暗がりに引っ張り込まれる怪談話とか、あったような気もするぞ。

袖をつかんで取り憑く幽霊なのかもしれない。

もしかしたら、万一、という気がしないでもなかった。

それにしても幽霊って、なんの幽霊なんだろうか。

スーパームーンから青い光と一緒に舞い降りてきたのか、白い雪の中からわき出てきたのか。

まわりには誰もいなかったし、月明かりがごくふつうの景色を幻想的に演出している。

冗談だと言うことは分かっている。

でも、心のどこかで、だまされたいという気持ちも大きくなり始めていた。
彼女の真剣なまなざしが俺の判断力を鈍らせているのかもしれない。
俺って、だまされやすいチョロい男子なのかな。
と、彼女の方からいきなり俺の手をつかんできた。
触れることができて逆にびっくりした。
――なんてことはない、俺はだまされていたというわけだ。
まあ、触れたといっても、手袋のせいで、お互いのぬくもりなど感じられなかった。
まるで木の棒を触れ合わせたような感覚だった。
「なんだよ、触れるじゃんか」
彼女がふふっと笑う。
「だからびっくりしないでねって言ったでしょ」
ドッキリ大成功の札を持って出てきた人みたいに彼女はご機嫌だった。
俺はなぜか握手をしたまま頭を下げていた。
なんでそんなことをしてしまったのかは分からない。
まるで姫に交際を申し込んでいる王子みたいだ。
よせよ、そんな柄じゃない。
「ふうん。礼儀正しいんだね」

どうやらお気に召したらしく、彼女はお姫様みたいに膝を曲げてお辞儀(じぎ)をした。

こんな雪の上で何をやってるんだ、俺は。

俺は顔を上げて空の月を見上げた。

これもすべて漱石のせいだ。

月によけいな意味を持たせやがって。

「じゃあ、一緒に下まで行きましょうか」

俺はこの状況を早く解消したかった。

美人と二人でおいしいシチュエーションなんて楽しむ余裕などまったくなかった。

これ以上一対一で女子の相手をするのは限界だ。

下の宿舎に連れて行くまでの辛抱(しんぼう)だ。

後ろに突き出した俺のストックに彼女をつかまらせて、電車ごっこの子供みたいにつながりながらゆっくりと滑り始める。

彼女はスキーが本当に下手だった。

ハの字形が前後逆に開いてしまって、すぐに転んでしまう。

振り向いてストックを引っ張って立ち上がらせてやっても、俺に向かって文句ばかり言っている。

「ああ、もう、やんなっちゃう。私、下手だよね」

「まあ、うまくはないな」

いちおう表現を和らげたつもりだった。

「だってしょうがないじゃん。滑るっていうこと自体が怖いんだもん。無理なものは無理。ホント怖いの」

「向いてないんだな」

「うん、やんなきゃ良かった」

「でも、やってみないと分からないこともあっただろうし」

俺がそう言うと、声のトーンが上がったような気がした。

「そうなのよ。結果はハズレだったけど、やってみないと当たりかどうかも分からないでしょ」

そして、一言つけ加えた。

「ユウヤって、良いこと言うよね」

お褒めにあずかり光栄でございますよ、姫様。

俺はスピードが出ないように気をつけながら、ときどきターンも入れつつ初心者用コースを降りてきた。

べつにスキーの楽しさをサービスしようとしたわけじゃない。

後ろに気を配りながらだと、真っ直ぐに滑れなかっただけだ。

もうほとんどゲレンデ脇の宿舎近くまで戻ってきたところで急に彼女が俺に倒れかかってきた。

「あー、ごめん」

板が交錯したままおんぶするような格好になってしまって、二人一度に転ぶと危ないと思った俺は、彼女を背負ったままとっさにしゃがみ込んでそのまま滑り続けた。

幸い、ほとんど平らだったので、自然に止まって無事だった。

それなのに、彼女は俺に覆い被さったまま、起き上がろうとしない。

「おい、もう大丈夫だぞ」

「う、うん、ごめん。マジでゴメン」

「まあ、いいから立ってくれよ」

でも、彼女は起き上がろうとはしなかった。

何かおかしい。

俺はスキー板を外してやって、彼女をもたれかからせたままゆっくりと立ち上がった。

「おい、大丈夫か。どこかひねったのか？」

たずねても返事がない。

肩で大きく息をしているような感じがして、体を支えてやりながら向きを変えた。

顔色が悪い。

「おい、どうした？」

「ごめん、なんか気持ちが悪い」

「なんだよ、しっかりしろよ」

ふざけている様子ではなかったので、俺は彼女を宿舎まで背負っていくことにした。

でも、背中にもたれかかる彼女の軽さに俺は驚いた。

まるで本当に幽霊みたいだった。

ただ、そんなことを気にしている場合ではなかった。

肩越しに言葉をかけてやっても、返事をする余裕もなくなっているようだった。

俺は上下に揺らさないように彼女をしっかりと支えながら雪の上を宿舎へ急いだ。

「あれ、斉藤君、どうしたの？」

「あ、鞍ヶ瀬さん、ちょっと頼む」

宿舎に入ったところで、ちょうど昼間会話をしたばかりの委員長と出会ったので、事情を説明して先生を呼んでもらった。

いったん彼女を宿舎のロビーのソファに寝かせて、駆けつけた保健の先生にもう一度いきさつを話す。

「一緒に下りてきたんですけど、急に具合が悪くなったみたいで」

他の先生方が毛布を持ってきたり、カイロで体を温めたり、いろいろ手を尽くしているうちに、少しだけ顔色が戻ってきたようだった。

「すみません。なんか疲れちゃったのかな」

彼女は無理に笑顔を作ろうとしているけど、まだ全然大丈夫そうじゃなかった。

昼間の練習の疲れとかで、もともと体調が悪かったんだろうか。

俺としゃべっているうちに体が冷えてしまったのかもしれない。

「連れてきてくれてありがとう。ユウヤは優しいね」

女子にそんなことを言われたのは初めてだったので、照れくさくて返事もできなかった。

自由行動時間が終わって他の生徒たちもどんどん帰ってきて、宿舎のロビーが混雑し始めていた。

話を聞きつけた一年十二組の担任の先生もやってきた。

十二組といえば体育の香坂(こうさか)先生だ。

他の先生方から事情を聞いた体育教師が俺の正面に立った。

背は俺とあまり変わらないけど、横幅があるから視界がふさがれて、先生の顔以外前が見えない。

さっき彼女と月の話をしていて顔が近かったときのことを思い出してニヤけそうに

なってしまった。

だけど、今目の前にあるのはむさ苦しい中年男性教師の顔だ。

これこそ月とスッポンというものだろう。

「大変だったな。お疲れさん。ま、あとは先生方に任せればいい。ゆっくり風呂入ってあったまって寝ろ」

その言葉で少しほっとした。

責任から解放されたというわけでもないけど、正直なところ、俺も少し落ち着きたい。

体調の心配事をおいといても、女子と話をするだけでこんなに疲れるとは思ってもみなかった。

失礼します、と一礼して自分の部屋に戻ろうとしたそのときだった。

香坂先生に背中から声をかけられた。

「おい、斉藤」

「はい」

向き直ると、さっきよりも間合いが縮まっていた。

うおっ、なんすか。

スーパームーンかよ。

「おまえ、初心者講習組だったよな。よく連れてこられたな」

やばい、こんなところで嘘がバレるとは。

「あ、まあ、すぐ近くだったんで、なんとか……。必死だったですけど」

香坂先生が俺の肩に手を置いた。

「そうか。ご苦労だったな」

解放されるかと思って気を緩めた瞬間、がっちりと肩をつかんでグリリとねじ込まれた。

バレバレかよ。

まあ、こればかりは俺も反省するしかない。

下手な点数稼ぎをしようとしたのがいけないのだ。

部屋に戻ったところで、ちょうど俺たち三組の風呂の順番が回ってきた。

人数が多いから、割り当てられた時間は短い。

ちゃっちゃと髪と体を洗って温泉につかったところで、肩にじんわりと痛みがわいてきた。

さっきの香坂先生のグリリのせいか。

人助けも楽じゃないな。

風呂から戻ると、同室の連中はよほどスキーで疲れたのか、電灯のついた明るい部屋でいびきをかいて眠っていた。

女子の部屋に行こうぜという元気なやつすらいない。

ずいぶん健全な野郎どもだ。

非モテ男子の俺が言うことでもないけどな。

消灯すると、窓から満月の光が差し込んでいた。

部屋が青く沈む。

仰向けになって逆さまの満月を見上げていたら、俺もすぐに眠りに落ちてしまった。

翌日、俺は香坂先生に中級者クラスに移され、みっちりしごかれた。

下ってきてリフトに乗るとき、初心者クラスに下志津奈緒がいないか気になったけど、ウェアとゴーグルでみな外見が同じだったからよく分からなかった。

だが、彼女は元からその中にいなかったらしい。

夕方宿舎に戻ったときに、委員長から彼女が病院に運ばれたことを聞いた。

「昼ぐらいに救急車が来てたんだよ」

「そんなに悪かったのか？」

「もともと持病があったんだって。他のクラスだし、私も見てただけだから詳しくは知らないけど」

　持病って何なんだろうか。

　詳細が分からないと不安になる。

　俺は仲間たちと一緒に楽しむ気になれなくて、夕食後は一人でナイトスキーに出た。

　その夜は薄曇りでぼんやりとした光は透けていたけど、月は姿を見せていなかった。

　中級コースを降りてきて、下志津奈緒と出会った場所に立ったとき、ちょうど雲間から月が顔をのぞかせていた。

　ほんの少しだけ欠けた満月だ。

　下志津奈緒の笑顔が重なる。

「月がきれいだな」

　まわりに誰もいないゲレンデで、俺は声に出してつぶやいていた。

　月を見て切なくなったのは初めてだ。

　これもすべて漱石のせいだ。

　月に意味なんか持たせやがって。

俺が通っている私立啓明館学園高校は東日本屈指のスポーツ名門校だ。

日本全国からスポーツエリートを特待生待遇でかき集めて、全校生徒が二千人以上いる。

運動部の数も数え切れないくらいあって、ウィンタースポーツ以外なら何でもあるらしい。

しかもそのどれもが全国常連クラスで、いつもどこかしらの部活が優勝しているから、校舎や校庭フェンスが垂れ幕や横断幕でびっしり覆われていて、結局どこの部がどんな功績をあげたのか把握しきれないくらいだ。

もともと一つの山だったところが丸ごと学校の敷地になっていて、東京ドーム三十個分くらいあって、千葉にある夢と魔法のリゾート全体より広いそうだ。

造成された区画ごとに、校舎や校庭はもちろん、野球場、天然芝のサッカー場、屋内プール、陸上トラックといった競技施設が建ち並んでいる。

それら一つ一つが、国際大会を開けるような規格で造られていて、初めて来た人は誰もがレベルの高さに驚嘆（きょうたん）する。

　それ以外にも、授業用の体育館はもちろん、バスケやバレーボール専用の体育館もあって、しかもその一つ一つには立派な観覧席やらシャワー室までそなわっているものだから、練習試合の対戦相手なんかは、『ふだんからこんなところでやってる相手に勝てるわけがない』と、施設を見ただけで戦意喪失してしまうとまで言われている。

　敷地内には、全国から集まってくる多くのスポーツエリートのための学生寮や購買部もある。

　学生寮は地元では啓明団地と呼ばれているし、購買部はショッピングモール並みの規模だ。

　朝昼夜三食対応のフードコートはいつも混雑しているし、衣料品やスポーツ用品、日常の生活に必要な物などはすべて学園内で入手できるようになっている。

　その他にも音楽や芸術関係の活動も盛んで、管弦楽部と吹奏楽部の定期演奏会や、演劇部の公演はチケットが争奪戦で、ＣＤやＤＶＤが一般販売されていて、業界的にはかなりの売れ筋商品なのだそうだ。

　全校生徒二千人とその保護者が一度に入れる大ホールはそこらへんの市民文化会館よりも立派だ。

　音響デザインは世界的に有名な指揮者が監修したらしく、『吹奏楽の聖地』とか『音楽の殿堂』と呼ばれている。

文化祭や学校説明会のときには、ここを背景に記念撮影をしていく中学生がやたらといて、感動のあまり涙まで流していてこっちが引いてしまうくらいだ。

と、ここまで母校自慢をしてきたわけだが、俺はといえば、所属は帰宅部だ。

自宅と高校をダラダラと往復するごく一般的な高校生だ。

スーパーエリートばかりを集めた高校に俺みたいな自堕落（じだらく）な生徒がいても、べつにそんなに不思議なことではない。

一般募集枠もちゃんとあるからだ。

受験者は特待生にスカウトされなかったスポーツ選手や芸術目的の生徒がほとんどだから、意外と偏差値も高くはない。

平均的な頭の持ち主なら、だいたい合格できる。

俺の家はこの啓明館学園高校の徒歩圏内にある。

だから、小さい頃から、この高校に行くんだろうなと思って生きてきた。

全国的に有名で、部活をやっている連中にはあこがれの存在であっても、俺にとってはただの地元の最寄（もよ）り高校にすぎないのだ。

そんな俺みたいな生徒だって、この高校に通う意味はある。

甲子園やインターハイなんかの部活関連の応援イベントが多くて毎日がお祭りみたいなものだから、傍観者的立場であっても学校生活は退屈しないし、卒業すれば啓明館学園出身という話題で自己紹介に困らない。
そんな理由で通うやつがいたっていいじゃないか。
実際、俺と同じタイプの生徒は他にもたくさんいる。
下志津奈緒もその一人だった。

進級して高二の春、俺は下志津奈緒に再会した。
十八もあるクラスの中から同じ二年八組になったのだ。
「へえ、奇跡だね」と、彼女は素直に喜んでくれた。
「ああ、よろしく」
漱石のおかげかもしれない。
俺は文豪に感謝した。
スキー教室のときに群馬の病院に入院した彼女は、そこから地元の病院に移って
ずっと療養（りょうよう）していたらしい。
ちょうど新学期のタイミングで復帰できたんだそうだ。
もう一人、鞍ヶ瀬柚も同じクラスで、ここでもまた委員長に選ばれていた。

彼女の噂話によれば、下志津奈緒はどうも心臓が悪いらしいということだった。

本人からは詳細を聞いてはいない。

微妙な内容を根掘り葉掘り聞き出せるほどの関係でもないし、聞いたところで、俺に何かできるわけもない。

ただ、二年生になってからの日々は、俺のそれまでの時間とはまったく違う流れ方に変わっていた。

それは朝のホームルームから始まる。

「出席とるぞぉ」

間延びした声でやる気のなさそうな担任が点呼を始める。

「赤池ぇー」

「ウッス」

「池崎ぃー」

「はい」

こんな調子で気怠く点呼が続くと、朝の弱い俺は三人目くらいで眠くなってしまう。

でも、俺の順番では必ず目が覚める。

いや、起こされるのだ。

「……次、斉藤ぉー」

うとうとしていた耳に自分の名前が聞こえて返事をしようとするタイミングで脇腹を後ろからつつかれる。

「ワオ！」

思わず叫んでしまって、笑いが起きる。

振り向くと下志津奈緒のしてやったりの笑顔が待ち構えていた。

「何すんだよ」

だが、怒られるのは俺の方だ。

「おいこら、斉藤ぉー。出欠んときにイチャつくな。次、下志津！」

「ハイ、スイマセン」と、手まで真っ直ぐにあげて彼女が答える。

これが毎朝の恒例（こうれい）行事のようになっていて、分かっているのに、俺は後ろからの攻撃におびえてしまうのだ。

そもそも、俺の後ろの席が下志津奈緒というのがいけないわけだけど、それはこの高校の特殊だが単純な席替えルールのせいだった。

まず、学年最初の始業式の日は、右前から出席番号順に座っていく。

出席番号は氏名の五十音順で、俺は斉藤佑也だから、後ろは下志津奈緒になる。

まあ、それはしょうがないとしよう。

席替えは毎週末の帰りのホームルームでおこなわれる。

クジ引きではなく、出席番号順のまま二つずつ後ろにずれていくだけだ。

各列後ろの二人は次の列の前方に回る。

そしてそれが一年間ずっと機械的に繰り返されていく。

前後のメンバーは変わらないけれども、座席の位置は動くし、左右のメンバーもずれていくから雰囲気はけっこう変わる。

クジ引きのような運要素はないので、いつも自分は廊下側ばかりなんて不満を言うやつは出ないし、後ろの席に当たった幸せ者から幸運を強奪（ごうだつ）するといった教育上好ましくないイザコザもなくなる。

生徒の方も、最初からそういうルールだと思っているから、文句も出ない。

とてもシンプルで公平なシステムだ。

逆に、公立中学のときのようにわざわざクジ引きで決めて一喜一憂する方がエネルギーの無駄なんじゃないかとすら思えてくる。

そもそも啓明館学園高校の場合、スポーツ系の連中は練習のしすぎで授業中に起きているやつなどいないし、教師も黙認しているから、席の位置を気にするのは俺のような一般学生だけだ。

このシステムが公平であることに異議はないが、俺にとっては悩みのタネだ。

座席の縦の並びが偶数になっているせいで、席替えで位置がずれていっても、俺と下志津奈緒の前後関係は一度も離れたことがない。

奇数だったら、あいつ一人だけ次の列の前方に押し出されることもあったかもしれないのに。

そんなわけで、朝だけでなく、授業中でもしょっちゅう背中をつつかれる。

「ちょっと、背中邪魔。見えないよ」

——チッ。

どうせ黒板なんか見ていないくせに。

それはようするに、退屈だから相手をしろという合図だ。

無視するとよけい邪魔されるので、背中に手を回してチョキのサインを出してやる。

そうするとあいつはグーを背中にねじ込んできて、一方的にじゃんけんに勝って喜ぶ。

そうやってご機嫌を取ってやれば、そのうち爆睡モードに入ってくれる。

子守みたいなものだ。

相手をしているうちに俺も寝てしまうんだけどな。

まったく赤ん坊をあやして寝かしつけるのと要領は変わらないのだ。

「さて、さっきの勝負、何してもらおうかな」

授業が終わるとあいつは勝手に罰ゲームを決める。

充分に睡眠をとって体力ゲージが回復しているからご機嫌なのはいいが、その分気まぐれだ。

「じゃあ、ワンって吠えてよ」

正直、めんどくさい。

だから逆らわない。

「ワンワン！」

チッチッチっと片目をつむって人差し指を振る。

「一回でいいのよ。ほら、ワンだから」

ダジャレかよ！

この席替えシステムのおかげで、いつも俺は下志津奈緒にからかわれている。

あのゲレンデの出会いで『月がきれいだな』なんて聞かれてしまったことが、なんとなく弱みを握られたような感じなのだ。

漱石のせいかおかげなのか。

きっかけがなんであれ、こうして女子と接点ができたのは初めてのことで、非モテ男子だった俺の退屈な日常が変化し始めたのは事実だった。

◇

放課後、俺と下志津奈緒は一緒に下校するようになった。

俺の家と彼女が利用している駅は方向が違う。

言い出したのは彼女の方だった。

「また途中で倒れたら困るから、見守りってことでお願い」

そんなふうに頼まれたら、断るわけにもいかない。

それは俺にとっても都合のいい言い訳でもあった。

女子慣れしていない俺にしてみたら、二人きりで歩いたら、会話が三分と持たない。

だから、これは同級生としての義務なんだと自分に言い聞かせるようにしていた。

部活動の連中の掛け声があちらこちらから聞こえてくる中、校門へ向かって歩く。

この学校は敷地がテーマパーク以上に広いので、それだけでもけっこう距離がある。

立派な桜やイチョウの並木があって、そこだけ写真に切り取って見れば公園デートの場面と間違われそうだ。

そんなことを意識してしまうと、すぐに俺はしゃべれなくなる。

二人で歩く時間は穴だらけのパズルのようだったけど、空白を一つ一つ埋めるように彼女の方から盛り上げようとしてくれていた。

「ねえ、なんでユウヤは部活やってないの？」

「メンドクサイだろ」

「努力が嫌いとか？」

「それもあるけど、才能がないのが分かってることに打ち込めないじゃんか。ここの連中みたいなハイレベルなやつらを見るとさ、勝てる気しないだろ」

ふうん、とうなずきながら彼女がつぶやいた。

「私はやりたかったけどね。べつにレギュラーになれなくてもいいから」

体が弱いからやらなかったんだろうということは俺でもすぐに理解できたから、何も言えなかった。

ちょっと重くなった空気を払いのけるように彼女が明るく声を上げた。

「でも、この学校、みんなが活躍してくれるから、応援してるとなんか自分も頑張ったみたいでうれしくなるよね」

「ああ、だよな」

「だから私、ここを選んで正解だったと思うよ」

俺も同感だ。

活躍している連中に嫉妬なんかしない。

将来金メダリストやプロ選手になるような同級生もいるわけで、むしろ自慢の友人たちだ。

やつらの本物の努力の前では、素直に謙虚になれる。

「賑やかで楽しいもんな」

「それに……」と彼女が俺の顔をのぞき込む。「ユウヤにも会えたし」

なんだよ。

急にそういうこと言うなよ。

間違ったピースをはめ込もうとしていたみたいに気まずくて、つい黙り込んでしまう。

「何よ」と彼女が口をとがらせる。「なんで黙っちゃうの？」

「そういう会話に慣れてないからだよ。俺の会話能力って、昭和のゲーム機並みだからさ」

正直に答えたのが良かったのか、彼女はつんと鼻先を空へ向けながら微笑んだ。

「アポロ宇宙船のコンピュータは昭和のゲーム機以下の性能しかなかったんだって。だけど、月まで行けたんだよ」

「だからって、俺は行けないさ」

俺には手が届かない。

どんなに月がきれいでも。

——すぐそばにいたとしても。

「メンドクサイの？　私としゃべるのが」

「そんなことねえよ」

あわてて首を振る。

こんなときに限って『月がきれいですね』なんて言葉しか思い浮かばない。

ち、違うだろ。

今じゃねえよ。

ここじゃねえよ。

相当焦っていたんだろう。

変な汗で前髪が額に張り付いていた。

彼女は非モテ男子の焦り顔を楽しむようにくるりとターンすると、俺と向かい合いながら後ろ向きに歩き出した。

「転ぶなよ」

「そしたら支えてくれるでしょ。王子様みたいに」

「じゃあ、乗馬の練習してこなくちゃな」

ちょうどすぐ横の馬術部の練習場に白馬がいたから、彼女が手をたたいて喜んでいた。

　こんなふうに俺たちのパズルがゆっくりと組み上がっていく。

　今はまだまばらだけど、そのうち二人だけの風景がはっきりと見えるようになるのかもしれない。

　温水プールと第二体育館の間にさしかかったときだった。

「呼んだ?」と、彼女が急に立ち止まった。

　は?

「いや。どうした?」

「なんか急に名前を呼ばれたから」

　いや、俺は呼んでないぞ。

　ていうか、一緒に歩いてるのにわざわざ呼ぶ意味がないだろ。

　それに俺は下志津奈緒と話すときに、名前を呼んだりはしない。

　いつも『おい』とか、『おまえ』だ。

　——ナーオ。

　あれ?

「ねえ、聞こえるよね」と、彼女があたりを見回す。

　たしかに奈緒と聞こえる。

――ナーオ。
体育館の横に倉庫がある。
彼女が建物の間にそっと入っていく。
裏側に回ったとき、何かが動く気配がした。
――ナーオ。
「猫か？」
「シッ！」と、彼女が口に人差し指を立てる。
倉庫のコンクリート土台に通風用の穴があって、そこから猫が顔を出していた。
しゃがみ込んだ彼女がそっと手を差し出す。
「おいで」
――ナーオ。
それほど警戒する様子もなく、猫が彼女へと寄ってきた。
白地に灰色の模様が入った子猫だった。
「どこから来たんですか？」
――ナーオ。
猫は彼女の手の甲に頭を擦り付けている。
「人を怖がらないみたいだけど、飼い猫じゃなさそうだな」と、俺は後ろから声をか首輪がついていないだけで、根拠はない。彼女がそっと猫の背中をなでる。

「一人で寂しくないんですか？」と、彼女が俺の方を向いた。

——ナーオ。

なんだか会話が成立しているような気がしてくる。

「おまえは私の名前を呼んでくれるのね」と、猫を抱き上げた彼女が俺の方を向いた。

「この人はね、私のことを『奈緒』って呼んでくれないんだよ」

急に何を言い出すんだよ。

「冷たいでしょ」と、猫の腕を持ち上げながら俺に向かって引っ搔くようなそぶりをする。「おまえは優しいのにね」

——ナーオ。

猫を味方につけやがって。

「そっちだって、猫を『おまえ』って呼んでるじゃんか」

「じゃあ、『ユウヤ』って名前にしようか」

「なんで俺の名前なんだよ」

「私のことを『奈緒』って呼んでくれたら、違う名前を考えるよ」

今さらだけど、いざとなると、ものすごく照れくさい。

でも、猫に俺の名前を付けられても困る。

「分かったよ。これからはそう呼ぶよ」

「ホント?」と、彼女の笑顔が輝く。

見たこともない満面の笑みだ。

反則だろ。

そんな笑顔。

「ええとね、じゃあ、この子はどうしようかな……」

奈緒がしゃがんで猫を下ろしながらしばらく首をひねっていた。

俺はそんな彼女の様子を立ったままじっと見つめていた。

髪の間から見える無防備なうなじが白い。

「吾輩(わがはい)は猫である。名前はまだない」と、奈緒は猫に語りかけるように有名な小説をつぶやいていた。

おいおい。

まさか、『漱石』なんて名前にするんじゃないだろうな。

「よし、じゃあ、『バジル』にしよう」と、急に奈緒が顔を上げる。

自分のセンスのなさが恥ずかしい。

「どうしたの? 顔赤いよ」

俺はあわてて顔の前で手を振った。

「べ、べつに、何でもないよ」

「いい名前でしょ？」

「バジルって、マルゲリータピザの上にのってる葉っぱか？」

「そうだよ。私の大好物」

「おしゃれだな」

「でしょ」と、得意顔だ。

彼女が「バジル」と、さっそく名前を呼びかけながらなでていると、倉庫の表側をランニングの連中が通りかかって、掛け声と足音に驚いたのか猫が逃げていった。

「あーあ、行っちゃった。またね」

それ以来、放課後彼女は倉庫裏に立ち寄って猫に餌を置いていくようになった。

このあたりは部活動のときしか使われない区域だし、倉庫の裏側は建物に挟まれた隙間みたいなところだから、まったく人目にはつかない。

バジルが姿を見せないときでも、翌日見に行くと餌は無くなっていた。

「私たち二人の部活だね」

秘密を共有する俺たちの距離は急速に縮まっていった。

◇

五月下旬の試験が終わって間もない頃だった。

放課後、いつものようにバジルに餌をやってかわいがっていたら、雨が降り始めた。

濡れるのが嫌いなのか猫はあっさり去っていった。

「つまんないの」と、恨めしそうに奈緒が空を見上げる。

倉庫裏から出たところで、雨脚が強くなった。

俺は鞄から折りたたみ傘を出して広げた。

奈緒は傘も差さずに歩き出す。

「傘は?」

「持ってない」

しょうがねえな。

奈緒に並んで傘に入れてやると、ちょっとニヤけ顔で俺を見る。

「何、女子とこういうことしたいわけ」

「ちげぇよ。奈緒は体弱いから、雨に濡れない方がいいだろ」

「へえ、優しいんだ」

俺の肩にぶつかるように奈緒がぴったりと体を寄せてきた。

いい匂いがする。

つい深く息を吸い込んでしまう。

「顔、真っ赤だよ」と、わざと奈緒がコツンと俺の肩に頭をぶつけてくる。

いや、でもこれ、冷静でいろっていう方が無理だろ。

「おい、くっつきすぎじゃねえの」

「だって、濡れないために入るんでしょ」

「こういうのってよ、ほら、お互い半分ずつ濡れちゃってさ、それからもっとくっつけよみたいに言うもんだろ」

「なんなの、その妄想。乙女だね」

校門を出たところで、腕まで絡めてきた。

「な、何してんだよ」

「こうした方が歩きやすいでしょ」

いやいや、こんな姿、同級生に見られたらどうするんだよ。

「まずいって」

「ごめん」と、意外にも素直に謝って腕を放す。「じゃあ、もうわがまま言わないからさ。だから……」

奈緒がもう一度俺の肩に頭をくっつけた。
「ここまでは許してよ」
うつむいてしまった奈緒の表情が見えない。
気まずさを抱えたまま俺たちは歩いた。
校門から彼女が利用している駅までは商店街もあって人目がある。
俺は傘の位置を少し低くしてまわりから顔が隠れるようにした。
奈緒は何もしゃべらない。
なんだよ、いつもおしゃべりなくせに。
その配慮に助けられているくせに、勝手な自分を反省する余裕などなかった。
俺の方は沈黙に耐えられなくてどんどん頭の中が真っ白になっていく。
そのせいか、自分でも思いがけないことを口にしていた。
「月がきれいだな」
——な、何言ってんだ、俺!?
非モテ男子の容量不足でエラーが起きたらしい。
「雨なのに?」と、ようやく奈緒が笑う。
俺は覚悟を決めた。
「ああ、きれいだよ」

ありがと、とつぶやきながら奈緒が俺の顔を見上げた。

「今夜はね、十六夜の月なんだよ」

「イザヨイ？」

「満月の次の日で、少しだけ欠けた月が奥ゆかしいの。私みたいでしょ」

いつもならツッコミを入れるところだけど、俺は静かにうなずいていた。

「そうだな」

スキー教室の二日目に見た月を思い出す。

少し欠けた満月。

あれも十六夜の月だったのか。

あの日、月に奈緒の笑顔が重なったことを思い出した。

あの月もきれいだったっけ……。

俺たちはしばらく傘に当たる雨の音を聞きながら歩いた。

駅に着いて傘を持たせてやろうとしたら、奈緒が首を振った。

「親が車で迎えに来てくれるから大丈夫」

去り際に、傘を持つ俺の手を彼女が両手で包み込んだ。

「今日はありがとう」

「ああ」

奈緒が俺の手をつかんだままグイッと傘を下げた。
傘に押さえ込まれて思わず頭を下げる。
その瞬間、俺の頬に柔らかなものが触れた。
——お、おい……。
「じゃあね」と、手を振って彼女が去っていく。
取り残された俺は火を噴きそうな顔を傘で隠しながら家に向かって歩き出した。
十六夜の月か……。
残念ながら、その夜は雨はやまなかった。

そんなことがあったとはいえ、それから俺と奈緒の関係が進展したわけではなかった。
彼女は次の日から学校を長期欠席したのだ。
また入院したらしいけど、個人の事情だから担任からもそれ以上詳しい説明はなかったし、スマホを持っていない奈緒とは連絡を取ることもできなかった。
六月は丸々欠席で、俺の後ろの席は空白のまま席替えがおこなわれた。

朝の点呼も退屈だった。

「斉藤ぉー」

「はい」

「下志津は……、今日も欠席か」

後ろからつつかれる心配はなかったけど、猫みたいに気まぐれに現れて今朝はやられるんじゃないかと、逆に期待してしまう毎日だった。

七月に入ると、うちの高校は甲子園の予選大会など、部活関連の行事が盛りだくさんで、まわりの連中は忙しそうだった。

期末試験期間中ですら、うちの高校では練習が認められている。

むしろ部活動優先といってもいいくらいだ。

俺はといえば、まるで自主練のように一人でバジルに餌をやりに行く日課以外、何も変わらない日々が続いている。

それは期末試験が始まる三日前だった。

体育館倉庫の裏にしゃがみ込んでこそこそと餌を皿に移していた俺は背中から声をかけられた。

「何してるの？」

落ち着いた女の声だった。

やばい、見つかったか。

とっさに土台の穴に皿を押し込む。

幸いバジルは今いないからごまかしきるしかない。

ゆっくりと立ち上がって振り向くと、そこにいたのは委員長の鞍ヶ瀬柚だった。

ソフトボール部のユニフォーム姿で手には大きな茶封筒を持っている。

とりあえず教師じゃなくてほっとしたけど、相手は委員長という秩序(ちつじょ)を重んじる立場だ。

ピンチが去ったとはいえないようだった。

後ろ手に餌を鞄に隠したところでバレるだろう。

黙っている俺の後ろを、鞍ヶ瀬が微笑みながらのぞき込む。

「猫？」

図星ですよ。

「ああ、まあ……」

「大丈夫よ。誰にも言わないから」

ふうと、大きくため息をつく。

「下志津さんと世話してるんでしょ」

「知ってたの？」

「そういうわけじゃないけど、いつも帰りにこっそり何かやってるなって思ってたから」

　どこで見てたんだよ。

　ていうか、今も俺のこと、つけてきたのか。

「あのね、私、ちゃんと斉藤君に用があったから追いかけて来たのよ」

　すっかり俺の考えていることはバレているらしい。

　奈緒といい、鞍ヶ瀬といい、女子はみんな勘が鋭いのか？

「斉藤君はね、すぐ顔に出るんだよ」

　そうなのか？

「隠し事できないタイプだよね」

　朗らかに笑われてしまう。

　また、返事に困ってしまった。

「だから、下志津さんも信頼してるんだろうね」

　そう言いながら、鞍ヶ瀬が俺に茶封筒を突き出した。

「試験向けのプリントを下志津さんに届けてあげてほしいのよ」

「俺が？」

「はい、これ、病院の場所」と、スマホの画面を俺に見せる。「マップの位置情報転送するから」

「あ、ああ……」

俺はあわてて鞄から自分のスマホを出した。

猫の餌袋が一緒に転がり落ちるのを見て委員長が苦笑している。

ホントに隠し事が下手だな、俺。

「感謝してよね」と鞍ヶ瀬が思いがけないことを言い出した。

どういうこと？

「本当はこのプリント、先生が下志津さんの家に郵送するはずだったんだけど、私がクラス代表でお見舞いのついでに届けに行きますってもらってきたんだからね」

「え、そうなの？」

「行きたかったんでしょ、お見舞い」

「いや、その……」

「バレバレだよ。こっちが照れちゃうぐらい顔真っ赤だよ」

隠し事のできない男っていうのはすぐに追い詰められるんだな。

「下志津さんがうらやましいよ」

はあ、なんでよ？

「こんなにからかいがいのある相手がいて」

なんだよ、それ。

委員長が急に真剣な表情になって変なことを言い出した。

「斉藤君、部活作ったら？」

「何部だよ？」

「猫を世話する部活」と、鞍ヶ瀬があくまでも真面目に続ける。「正式な部活を作れば、隠さなくてもいいじゃない」

「そんなことできるわけないだろ」

「生徒手帳ぐらい読みなよ。ちゃんと申請の仕方も書いてあるよ」

そんな物ちゃんと読んでるのなんて、委員長ぐらいなもんだろ。

「じゃあ私、練習行くね」

手を振ってユニフォーム姿の委員長が去っていく。

俺はほっと一息ついた。

——ナーオ。

おや？

ふと、見ると、俺の足下にバジルがいた。

「なんだよ、いたなら出てくれれば良かったのに」

奈緒と最初に見つけたときに比べてだいぶ成長してきている。

このままここで世話をし続けるわけにもいかないんだろうな。
予防注射とか、飼い主としての義務もあるんだろうし。
――部活か……。
考えてみなくちゃならないかもな。
俺は手にしていたスマホで写真を撮った。
シャッター音に驚いて、バジルが土台の穴に逃げてしまった。
「ごめんごめん。大丈夫だよ」
そっと呼びかけるとひょいっと顔を出す。
「じゃあ、奈緒のところに行ってくるからな」
――ナーオ。
いちおう通じたらしい。
バジルが顔を引っ込めた。

◇

電車とバスを乗り継いで病院に着いたのは夕食前の時間帯だった。
病室の奈緒は明らかにやつれた顔をしていた。

女子の病室をいきなり訪問したのはまずかったかと思ったけど、彼女はベッドの上で体を起こして喜んでくれた。

四人部屋なのに他のベッドは空で彼女は一人だった。

「この前までもう一人いたんだけど、退院しちゃって、今は他に若い女性患者さんがいないんだって」

「静かでいいね」

そうでもないよ、と彼女がつぶやく。

「誰もいない部屋で一日中過ごしてると、生きてるのか、それとも……」と、軽く言葉を切ってから続けた。「夢なのか分からなくなるんだよね」

俺は息をのんだ。

『夢』というのは『死』という言葉を言い換えたんじゃないだろうか。

脈拍が急加速するのに体が冷えていくような気がした。

彼女は何でもないことのように続けた。

「それに夜なんかは、まわりの部屋からいろんな音が聞こえてきたりするよ。うなってたり、うめいてたり。この前は叫んでるおじさんもいたな」

「それはこわいな」

「でも、ちょっと安心するの。みんな生きてるんだなって」

俺はまた言葉を失っていた。
苦しみが生きている証。
奈緒がそんな場所にいたなんて、俺は全然想像もしなかったよ。
ごめんな。
何も分かってなくて。
「そんなに気をつかってくれなくても大丈夫だよ」
よけいな気をつかわせているのは俺の方じゃないか。
――隠し事のできない男でごめんな。
奈緒が俺に右手を伸ばす。
俺は両手でその手を包み込んだ。
骨張って細く薄く冷たい手だった。
「幽霊みたいでしょ」
俺は首を振るのが精一杯だった。
「私ね、手が冷たいから、みんなに幽霊みたいだって笑われてたの」
なんの言葉も出てこない。
どんな言葉をかけてやればいいのか、まるで分からない。
俺はただ奈緒のやせ細った手を握ってやることしかできなかった。

「ユウヤはあたたかいよね。手も、心も」

そんな俺の手に点滴のチューブがつながった左手を重ねながら奈緒が微笑みを浮かべた。

「私ね。心臓に穴が開いてるの」

それはまるでおいしいドーナツ屋さんを見つけた女子みたいなしゃべり方だった。

「穴？」

「心臓って四つの部屋に分かれているって中学のときに習ったでしょ」

俺は必死に記憶のページをめくった。

「心房とか心室っていうやつか。上にあるのが心房で、下にあるのが心室。それが左右二つずつあるんだっけ」

「そう。その心臓の左右を隔てている壁に穴が開いているの。それで、血の巡りがおかしくて、肺とかいろいろなところに負担がかかっちゃうのよ」

「手術はできないのか？」

「ふつうはできるんだけど、私の場合、心房にも心室にも穴が開いていて、しかも、弁とか動脈に近い入り組んだところだから、手術が難しいんだって。成功確率が低いし、仮に成功しても、その処置した部分にかえって圧力がかかって再手術が必要になるかもしれないんだって」

「で、このままだとどうなるんだよ」

「あまり先は長くないって」

──さきはながくない。

──サキハナガクナイ。

──さきハナがくナい。

奈緒の言葉が急に分からなくなってしまった。

意味を理解しようとすればするほど言葉がグニャグニャに崩れていく。

励ましの言葉、慰め(なぐさ)の言葉。

何かを言わなくちゃいけないと思えば思うほど、頭の中が真っ白になっていく。

「ふだんはふつうに生活できるんだけど、あんまり心臓に負担のかかることはできないから、今までなるべく運動も恋もしないようにしてたんだ」

「恋愛禁止って、アイドルみたいだな」

そんなつまらない冗談しか出てこない。

「恋をするとドキドキしちゃうじゃない。だから私ね、恋をしちゃいけないの。人を好きになると死んじゃうの」

俺のつまらない冗談に乗っかって、奈緒は無理に笑ってくれる。

揺らめく蝋燭(ろうそく)の炎のように唇をゆがめて俺に笑顔を見せてくれていた。

握り合った手に視線を落としながら奈緒がつぶやいた。

「私ね、お月様にお願いしたの」

ん？

「月？」

奈緒が小さくうなずく。

「先が長くないのはそういう運命なんだからしょうがないと思うけど、いつなのかが分からないのはこわいじゃない？　今日なのかな、明日なのかなってずっと心配してたのに十年たってもまだ生きてたりして安心したと思ったら、その瞬間ものすごい苦しみに襲われて、後悔しながら死んでいくとか、そういうのは嫌でしょ」

それはそうだ。

俺だって人間だからいつかは死ぬってことくらいは漠然と分かっている。

でも、それはまだ何十年も先のことだろうし、いろいろなことをやって楽しいことや辛いこと悲喜こもごもあった後のことで、年を取ってそれなりにあきらめのような覚悟ができてからのことだろう。

自分がいつ死ぬかなんて考えたことはほとんどなかったし、少なくとも、『あ、死ぬのは今日じゃなかったんだ』と毎日カウントダウンをやりなおしながらおびえて生きているわけじゃない。

いつか急に来ると予告されていて、でもそれがいつなのかが分からないというのが一番こわい不安の元なのだという気持ちは俺にも分かる。

「だからね。命は短くなってもいいから、それと引き替えに、はっきりといつまでなのかを教えてくださいってお月様にお願いしたの」

俺は奈緒の言葉を一言も聞き漏らすまいと必死に受け止めていた。

にわかには信じられない話だと理性がささやくけど、彼女が嘘や冗談を言っているようには思えなかった。

何よりも、その表情がそれを物語っていた。

「その瞬間がきたらスイッチをオフにするみたいにスパッと私の人生を終わらせてかまわないから、それまでは後悔しないようにやりたいことをやらせてくださいってお願いしたの。その日だって分かっていれば、それまでにやりたいことをやり尽くすことができるでしょ。みんなと同じ学校生活を楽しんで、いろんな行事にも参加して、素敵な思い出を作るの。それならパチンってスイッチオフになってもいいかなって」

俺には奈緒の病気の苦しみは分からない。

どれほど心臓が痛くなるのか。

血の巡りが悪くなってどれほど息が苦しくなるのか。

あのスキー場で、急に具合が悪くなったときのように、いつそういう状態に襲われるのか分からない不安。

そういったものをすべて解消するために、月と取引をしたというのだろうか。

命の長さと引き替えに、不安を感じないで死なせてほしい。

それはあまりにも都合の良すぎる願いなんだろうか。

俺には分からなかった。

分かったふりをするのは不誠実だと思った。

いったいどれほどの余命を犠牲にしたというのだろうか。

「で、それはいつなんだ？」

「それは内緒」

「なんで？」

「私とお月様だけの約束だから」

そうか。

奈緒が月にお願いした。

それを俺は信じた。

でも、それはもしかしたら、奈緒の勝手な思い込みなのかもしれない。

月が願いをかなえてくれると勝手に思い込んでいるだけなのかもしれない。

病気で弱っている心が何かにすがりたくて、まったく根拠のない希望があるかのように思っているだけなのかもしれない。

でも、俺にはそんなことを指摘する勇気はなかった。

すぐ目の前にある死の恐怖におびえている若い人間にとって、その一縷の望みがどれほどの輝きなのかは、俺には分からない。

青い満月の光よりも強いのだろうか。

分からないものを分かるふりができるほど、俺は役者じゃない。

そんな余裕はない。

だからこそ、俺がとやかく言うことはないんだ。

奈緒だって、もしかしたら、不安を消そうとして何かにすがろうとしているんだってことを自覚しているのかもしれない。

その上で俺に打ち明けてくれたんだったら、その気持ちを崩さないように尊重したい。

奈緒はいつも真っ直ぐで、だから、受け止めるのが大変なんだよ。

「信じた?」と、奈緒がつぶやいた。

え?

「ユウヤは女の人にだまされないようにしなよ」

「なんだよ。嘘なのか」

「心臓の話は本当」

「月の話は？」

「お祈りしたのは本当」

「じゃあ、べつにだましてないじゃないか」

俺がそう言うと、重たい空気を振り払うように奈緒がにっこりと笑みを浮かべた。

「全部嘘だといいのにね」

──そうだな。

嘘だったらいいのにな。

こんな話、全部嘘だったらいいのにな。

病室の壁が四方に倒れて、ドッキリ大成功の札を持った人が乱入してきて、『やーい、だまされた！』って俺のことを散々からかってくれればいいのにな。

「月は願いを聞いてくれたのかな」

俺のつぶやきに奈緒がうなずく。

「ちゃんと、お願い事は通じてると思うよ」

「なんで分かる？」

「二年生になって、ユウヤと同じクラスになれたでしょ」

は？

思わず変な声が漏れてしまった。

「私ね、病院の窓から見える十六夜の月に、スキー教室で知り合った人と同じクラスにしてくださいってお願いしたんだよ」

「そうなのか」

「私の言うこと何でも聞いてくれそうな都合のいい男子だと思ったから」

「なんだよそれ」

まあ、その通りだけどな。

怒る気になるどころか、笑ってしまった。

そんな俺を見て彼女も吹き出して笑う。

朗らかにうなずきながら笑っているうちに、最後は咳き込んでしまった。

「大丈夫よ、大丈夫」と、呼吸を落ち着かせながら、なおも彼女は笑顔を絶やさなかった。

ほんの一瞬だけ、幸せを分かち合えたような気がした。

そんな気持ちになったのは初めてだった。

「ねえ、そこ開けてみて」と、奈緒がベッド脇の戸棚を指さした。

戸棚の中には通販の緩衝材封筒が入っていた。

封は開いている。

中身は猫用の緑の首輪だった。

「それ、バジルにつけてあげて。通販で買ってもらったの」

「分かった」

「ちゃんと名前も書いておいたから」

首輪の内側に透明なプラスチックのポケットがあって、几帳面（きちょうめん）な字で《バジル》と書かれた紙の札が入れてあった。

俺はスマホの写真を見せてやった。

「ずいぶん大きくなったね」

「ああ、このままじゃまずいだろうから、部活作ろうと思うんだ」

「何の？」と、委員長に言われたときの俺と同じ反応が返ってきた。

「猫を飼育する部活。そうすれば、こそこそ隠れなくていいだろ」

「そっか、そうだね」と、彼女は寂しそうにうなずいた。

なんだよ。

そんな顔するなよ。

なあ、奈緒、おまえ……。

――まさか。

もう会えないと思ってるんじゃないのか。

——そうなのか？

俺は聞けなかった。

どうしても聞けなかった。

泣くのをこらえるのも精一杯で、容量の少ない俺の目からはぽろぽろと涙がこぼれ落ちた。

俺の頬にそっと手が伸びてくる。

「あたたかいね。猫みたい」

奈緒は優しい。

こんな俺の涙を愛(いと)おしんでくれる。

なのに俺はなんにもできない。

涙を止めることすらできない。

一生懸命涙をぬぐっているうちに、検温の看護師さんがやってきてしまった。

「じゃあ、また」

「ありがとう」

もっと大事なことを言うべきなんじゃないかと思ったけど、奈緒が体温計を脇に挟もうと無防備にパジャマをはだけるものだから、つい目をそらして俺は逃げ出してしまった。

病院を出ると、ようやく傾いた七月の日差しがまぶしかった。

表通りに出たら、ちょうどバスが通り過ぎたところだった。

蝉の鳴き声をかき分けるように、俺は駅へ向かって歩いた。

期末試験の結果も出て、今日は終業式だ。

俺の後ろは空席のままだ。

その席に下志津奈緒が座ることは二度とない。

朝のホームルームで担任から奈緒の死が伝えられたのはあれからすぐだった。

期末試験が終わった日、同級生が参列した葬儀で俺は泣かなかった。

強がっていたわけでもないし、もちろん悲しくなかったわけでもない。

切ない気持ちを抱えていたけど、それが悲しみや寂しさといった名前のついた感情と切り離されて、心で何かを感じることができなくなっていたのだ。

見舞いに行ったあの日、俺は引き返すべきだったんじゃないだろうか。

なんで遠慮なんかしてしまったんだろうか。

今さらどうにもならないことばかり考えてしまう。

俺の心は砂の詰まったジュースの瓶みたいに重苦しかった。

最近はバジルに餌をやるのも忘れていて、鞍ヶ瀬柚が代わりにやってくれていた。

「よーし、みんな席に着けぇー」

夏休み前最後のホームルームがいつものように始まる。

砂時計の砂を捨てたって時の流れを止めることはできない。

下志津奈緒はいなくても、学校は続くのだ。

「赤池ぇー」

「ウッス」

「池崎ぃー」

「はい」

俺の順番が来る。

「斉藤ぉー」

「はい」

もう二度と、つつかれることはない。

その事実が背中から覆い被さって俺を押しつぶしに来るような気がした。

「次は、しもし……」

気まずそうな顔をして担任が咳払い(せきばら)いをする。

と、そのときだった。

――ナーオ。

まさか。

振り向くと奈緒の椅子にバジルがいた。

おいおい、なんでおまえがここにいるんだ?

すっと背筋を伸ばしながら机の上にひょいと顔を出して俺を見ている。

――ナーオ。

おまえ、勝手に入ってきちゃだめだろうよ。

「おい、なんだそれは!」

担任が俺を指さす。

「おまえか、勝手に連れ込んだのは!」

――ナーオ。

俺の代わりか、下志津奈緒のつもりなのか、バジルがのんきに返事をする。

まったく、困ったやつだよ、おまえは。

「すみません、先生」と、俺は正直に立ち上がった。「生物飼育部で飼うために俺が連れてきました」

「そんな部活あるわけないだろ！」と、担任が困惑の混ざった声で怒鳴りつける。

「俺が作るんです」

──奈緒のために。

「でまかせを言うな。おまえ一人で部活なんかできるわけないだろうが！」

担任が俺をにらみつけていると、陸上部の渡辺が手を挙げて立ち上がった。

「あ、オレ、陸上部と掛け持ちっすけど、朝練のときに餌やり当番とかできるんで入部希望です」

すると、みんなが次々に立ち上がり始めた。

「オレも野球部で、以下同文っす」

「あたしも入部希望です」

「あたしも検討してます」

「うちらも入ろうかってさっきみんなで話してましたぁ」

「ぼ、僕も、じゅ、受験で生物あるんで……」

気がつくとクラス全員が立ち上がっていた。

担任が拳で教卓をたたきつける。

「なんだ、おまえら、適当に勝手なことばかり言ってるんじゃねえぞ！　斉藤、おまえ、後で生徒指導室に来い。その猫もつれてこいよ」

「待ってください」と俺は食い下がった。「生徒会にもすでに創部届けは提出してあります」

「クラス全員署名したって言うのか？」

「いいえ。まだ創立メンバー五人のリストだけです。部員の追加については別の書類になりますから」

「しかし、そんないいかげんな作り話、信じられるわけないだろうが……」

と、そのときだった。

「先生」と、誰かが声を上げた。

「なんだ？」

委員長だった。

生徒手帳を取り出したかと思うと、俺の話など信用していない担任に開いて見せた。

「生徒心得第六条二項に記載があります。《本校における部活動は学業同等の生徒の自発的意欲による活動であり、生徒の自主性は最大限に尊重される》と」

おいおい……。

いくら委員長でもすごすぎるだろ。

そんな文章、本当に全部読んでたのかよ。

ていうか……。

──ようするに、それってどういうことなんだ？

俺以外のクラスの連中もみな首をひねっている。

「そうか、分かった」と、担任だけがうなずいていた。

なんだよ。

分かるのかよ。

「ただし、次から教室に入れるな。斉藤も、それでいいな」

「はい。すみませんでした」

なんとか窮地を切り抜けてみんなが席に座ると、鞍ヶ瀬が猫を呼んだ。

「バジル、おいで」

──ナーオ。

奈緒の椅子から身軽に飛び降りたかと思うと、尻尾を上げながら優雅に鞍ヶ瀬のところへ歩み寄り、ひょいっと膝の上に飛び乗った。

かわいい、と声が上がるのを担任がにらみ回して、教室が静かになった。

◇

それから全校集会と成績表配布が滞りなく終わって下校になった。

明日からは夏休みだ。

部活の練習に駆け出していく連中を見送りながら、俺は鞍ヶ瀬柚と一緒にショッピングモールのような校内購買部へ猫用のキャリーバッグを買いに行った。

生物飼育部を作ろうとしたのは本当のことだった。

部活動は部員を五人集めれば創部申請できる。

ただ、その申請は受理されなかった。

下志津奈緒、斉藤佑也、鞍ヶ瀬柚、他に鞍ヶ瀬の友達二人に声をかけてもらって合計五人の創立メンバーとして記載していたのだが、奈緒の死で人数がそろわなくなったのだ。

結局、申請し直すのはやめて、バジルを鞍ヶ瀬の家で飼えるように親と相談してくれていたのだった。

そんな話をしながら俺たちは体育館倉庫裏までやってきた。

「担任に怒鳴られたときは退学を覚悟したよ」

「ホント、感謝してよね」

「あんなときでも正々堂々と主張できて、さすが委員長だよな」

「ああ、こわかったなあ」と、棒読みのセリフで俺の背中をつつく。「でも、本当に怖かったんだからね。申請はしたけど受理されてなかったんだし。ヒヤヒヤだったよ」

「申し訳ない。感謝してるよ。ありがとう」

鞍ヶ瀬がうつむく。

「下志津さんのためだよ」

「ああ」

バジルはいつもの通風口から顔を出して俺たちを見上げていた。

――ナーオ。

「よしよし、おいで」

鞍ヶ瀬がしゃがんでキャリーバッグの扉を開けてやると、素直に近寄ってくる。

――ナーオ。

キャリーバッグにタオルを入れてやると、興味を示して自分から中へ入っていく。タオルに絡まるように転がって安全を確かめると、どうやらキャリーバッグが気に入ったらしく、バジルはまるでずっとそこに住んでいたかのようにくつろいでいた。

――ナーオ。

「新しいおうちに連れて行ってあげるからね」

「良かったな、バジル」

これで一区切りついたのかもしれない。

ふうと小さくため息をついた瞬間、頭の中で思い出が爆発した。

奈緒と出会ってからの記憶すべてが一度によみがえってきたのだ。

穴だらけのパズルが手品みたいに一瞬で組み上がったかのような感覚だった。

──奈緒。

スキー場、教室、放課後、二人で一つの傘……。

その瞬間のどれもが奈緒の笑顔に満ちていた。

──ナーオ。

「ねえ」

──ん？

ふと我に返ると、鞍ヶ瀬が不思議そうに俺の顔をのぞき込んでいた。

「どうしたのよ？」

「あ、ごめん。なんかぼんやりしちゃって」

首をかしげながら、鞍ヶ瀬がつぶやいた。

「下志津さんはなんで斉藤君のことが好きだったのかな」

え？

突然の質問に、俺はまた語彙力を失っていた。

好きって……。

「さあな。都合のいい男子だって言ってたかな」

「そっか」と鞍ヶ瀬が笑う。「そういうところか」

なんだよ。

「私もそう思うよ」

どういうことだよ。

鞍ヶ瀬がキャリーバッグの中に手を伸ばして何かやっている。

「これは斉藤君が持ってなよ」

差し出されたのはバジルの首輪だった。

奈緒に頼まれてつけてやったやつだ。

形見、ということか。

奈緒の……形見。

と、その瞬間、たたきつけたようにパズルが一瞬で崩れ落ちた。

ピースがこぼれ落ちるように、俺の目から涙が流れ出す。

止まらない。

涙が止まらない。

俺は涙を止めることができなかった。

砂時計を涙で満たして倒しても時を戻すことはできない。

――ナーオ。

キャリーバッグの中でバジルが俺を呼ぶ。

泣くこと以外、俺にできることなんて何もない。

「ホント、そういうところだよ」

首輪を握りしめた俺の隣で鞍ヶ瀬も一緒に泣いていた。

◇

夏休み。

俺は自室にこもってダラダラと過ごしていた。

何もする気になんかならない。

ベッドに寝転がって目を閉じれば奈緒の笑顔が浮かんでくる。

それはとても寂しげな笑顔だった。

振り払おうと飛び起きれば頭が重くて立っていられない。

『みんなと同じ学校生活を楽しんで、いろんな行事にも参加して、素敵な思い出を作るの』

奈緒の言葉を思い出す。

思い出の宝箱があったって、一緒に開ける人がいなかったら意味なんかないだろ。

もう日付も曜日も昼も夜も分からなくなっていた。
あるとき、目を開けると闇に沈んだ部屋に青白い光が一筋さしていた。
見上げるとカーテンの隙間から少しだけ欠けた満月が俺を見下ろしていた。
十六夜の月か。
ささやかな光が机の上に置いてあった形見の首輪を照らしていた。
何かに呼ばれたような気がした俺は起き上がってそれを手に取った。
首輪の内側に差し込んであった手書きのネームプレートをそっと外す。
ふと見ると、裏側に何か書いてあった。
窓辺に歩み寄って月の光に当ててみる。
それはごま粒みたいに小さく几帳面な字で詰め込まれた奈緒のメッセージだった。
《幸せになってください。それが私の最後のわがままです》
奈緒……。
俺はその紙切れを握りしめた。
——無理だよ。
無理に決まってんだろ。
おまえみたいにわがままで、気まぐれで、素敵な女なんているわけないじゃないかよ。

こんなにいい月が出てるのに、俺は誰に向かって『月がきれいですね』と語りかければいいんだよ。

月がきれいなのはおまえと一緒に見上げたからだろ。

願えばいいのか。

奈緒と同じように、月に願えばかなえられるのか？

叫べば届くのかよ。

なら、月のウサギが尻餅つくくらいに大声出してやるぜ。

でも、嗚咽ばかりで声なんか出てこなかった。

俺はまたベッドの上で横になって目を閉じた。

――ナーオ。

ん？

まさか。

目を開けてまわりを見ても暗く沈んだ部屋には何の気配もない。

なんだよ。

空耳か、幻か……。

また目を閉じた瞬間、俺は空を飛んでいるような、雲に座っているような奇妙な感覚にとらわれた。

はっとして目を開けると、俺は青い光に包まれていた。

それは不思議な光景だった。

まわりには何もなく、俺の体は青い光の中にふわふわと浮いている。

奥ゆかしい微笑みのような十六夜の月が俺を照らしていた。

「ユウヤ」

懐かしい声が聞こえる。

月を見上げる俺の隣にはいつのまにか奈緒がいた。

「『月がきれいですね』と彼は言いました」

決められた台本をなぞるように俺が耳元でささやくと、奈緒がくすりと笑った。

「『ええ、本当に』と彼女は言いました」

そうつぶやくと奈緒が背中を丸めながら俺の胸におでこを押しつける。

まるで猫のようだ。

「ねえ、この私たちのストーリーに名前をつけるとしたら、どんな題名にする？」

すぐには答えが思い浮かばなかった。

赤ん坊を寝かしつけるように彼女の背中をなでているうちに、俺の背中もだんだん丸くなっていく。

——夢か幻か現実か。

俺たちは猫である。

この二人のストーリーに名前はまだない。

漱石のせいかおかげなのか。

「月がきれいですね」

「ええ、本当に」

寄り添う二人を十六夜の月だけが見ていた。

こぼれた君の涙をラムネ瓶に閉じ込めて

水瀬さら

彼女は明日、僕のことを忘れてしまう――

「こんにちは、森園茉白さん。俺のこと、覚えてますか？」

七月の、生ぬるい風が吹く日曜日の午後。

公園の噴水は青空に向かって高く噴き上がり、水しぶきを浴びる子どもたちの歓声があたりに響く。

そんな光景をスケッチしながら、茉白はいつものベンチに座っていた。

緑の葉がさわさわと揺れ、膝の上のスケッチブックに木漏れ日が落ちる。

ゆっくりと視線を上げた茉白は、少し首をかしげ、困ったように微笑んだ。

「ごめんなさい。私、朝起きると、記憶が消えてしまうらしいんです」

茉白は今日も、姉から説明されたとおりのセリフを口にする。

俺は茉白に笑いかけ、先週と同じセリフを繰り返す。

「俺、羽野青慈っていいます。茉白さんが通ってた高校の、二年後輩です」

茉白は戸惑っている。覚えてないからだ。

だけど俺は笑顔を崩さず、言葉をつなげる。

「となり、座ってもいい？」

困惑しつつ、たぶん今日も、茉白は俺を受け入れてくれる。

「……はい。どうぞ」

少し口元をゆるめた茉白が、ベンチに俺の座れるスペースを作ってくれた。

＊

茉白とはじめてしゃべったのは、去年の今ごろ。

学校が休みの日曜日。よく晴れた、蒸し暑い午後だった。

その日俺は、朝から噴水のある場所を転々としていて、いい加減疲れてきたころ、町はずれの広い公園にたどり着いた。

野球場や芝生広場、子どもが遊ぶ遊具などがある、いつも家族連れで賑わっている場所だ。

園の中心には噴水があった。清涼感あふれる水音があたりに響き、飛び散る水滴に光が反射し虹を作っている。

噴水のまわりには、緑の木々とベンチが並び、遊び疲れた親子連れやカップルが休憩していた。

そしてそのひとつに、茉白が座っていたのだ。

白い肌に、ふんわりと柔らかそうな茶色い髪。淡いブルーのワンピースを着ていたのを、よく覚えている。

「あのー、もしかして三年生の、森園茉白さんですか？」

茉白はその日もスケッチをしていて、突然話しかけてきた不審な男に、驚いたような表情を見せた。

「あっ、俺、怪しいものじゃないです。同じ高校の一年で、羽野青慈っていうんですけど……って、俺のことなんか知るはずないよな。いやでも、こっちは森園さんのこと知ってて……ていうか、森園さんの絵をずっと見てて……」

必死に意味不明な説明をする俺を、茉白はきょとんとした顔で眺めていた。

ふたつも年上のはずなのに、その顔がなんだかすごくかわいくて、俺はますます挙動不審になる。

「学校の、昇降口に飾ってある噴水の絵！　なんかのコンクールで賞をとったってやつ！　あれ、森園さんの絵ですよね？」

校舎に入るたび、その絵を見ていた。

噴水の前で、子どもたちが楽しそうに遊んでいる、透明感あふれる絵。

青い空と、はじける水しぶきと、子どもたちの笑顔がすごく印象的な……。

美術に関心のない俺には、芸術の素晴らしさなんてわからなかったけど、なぜかその絵には心惹かれてしまった。

「あ、はい。そうですけど……」

茉白が白い頬を少し赤く染めて答えた。俺は深く息を吐く。

やっぱりそうだった。思い切って声をかけてよかった。

「えっと、俺……あの絵に、ひとめぼれしてしまって」

「ひとめぼれ？」

「はい。俺、サッカー部だったんですけど、いろいろあって辞めちゃって……学校行きたくねぇなーって思ってたときに、あの絵を見かけたんです。そしたらなぜか、その、泣けてきて……それで次の日からは、絵を見るためだけに、学校行くようになったっていうか……」

するとと茉白が目を見開き、大げさなくらい首を横に振った。

「私……そんなにすごいものを描いた覚えは……」

「いやっ、すごいです、マジで！　美術に全く興味なかった俺が、一枚の絵を忘れられなくなっちゃうなんて……で、この絵を描いた人って、どんな人なんだろうってずっと気になってたんです。名前と学年が書いてあったから、三年生の教室行ってもよかったんだけど、俺、先輩に目つけられてて無理なんで」

茉白がぷっと噴きだして笑う。いや、笑いごとではなく、本当なんだよ。

「それでここに？」

「なんとなく、絵の場所に行けば会えるような気がして……」

駅前や、ショッピングセンターのイベント広場……町中の噴水のある場所を歩きまわって、やっとここにたどり着いた。

よく見るとこの公園は、噴水の形やまわりの景色が、あの絵とそっくりだ。

「……キモいですかね？」

「いえ……」

茉白がくすくすと、澄んだ声を立てて笑う。

髪も瞳も色素が薄くて、なんだか儚げな人だなぁって思った。

俺は覚悟を決めて、笑っている茉白に聞く。

「あのっ、となり、座ってもいいですか？」

茉白は顔を上げ、薄茶の瞳で俺を見つめて言った。

「はい。どうぞ」

それから俺は、噴き上がる透明なしぶきを眺めながら、茉白の話をたくさん聞いた。

小さいころから絵を描くのが好きで、思い切って応募したコンクールで入選したこと。

家族は両親と三つ上の姉。それから小さな犬と大きな猫。

人見知りの自分と違って、積極的な性格の姉とは、ときどきケンカをするけど、実はとっても頼りにしている。

夏と冬だったら、夏が好き。でも泳げないから、プールの授業は嫌い。

苦手だった炭酸飲料を最近飲めるようになって、「炭酸ばかり飲むと太るよ！」とうるさい姉に内緒で、こっそり毎日飲んでいる。

もっともっと絵の勉強をして、将来は絵を描く仕事に就きたい。

俺は茉白のことを知れば知るほど、彼女に惹かれていった。

こんな気持ちになったのは、生まれてはじめてだった。

「私、毎週日曜日は、ここで絵を描いてるの」

話に夢中になっていたら、いつの間にか、空は夕焼け色に染まっていた。

噴水の前で走りまわっていた子どもたちも、親に手を引かれ帰っていく。

茉白がスケッチブックを閉じたのを見て、俺はこう言った。

「だったらまた……会いにきてもいいですか？」

俺の声に茉白は静かに微笑み、うなずいてくれた。

「じゃあまた来週も、会いにきます」

しかし翌週、俺が茉白に会うことはなかった。

公園の出口で別れたあと、茉白は交通事故に遭い、頭を強く打ち入院してしまったのだ。

しばらくして、茉白が退院したと学校の噂で聞いた俺は、毎週日曜日、噴水の前へ通い、彼女が戻ってくるのを待ち続けた。

そして事故から半年後、茉白はスケッチブックを抱えて、やっと俺の前に現れた。

季節は汗ばむ夏から、吐く息が白い冬に移り変わっていた。

生き生きと茂っていた緑の葉は枯れて散り、噴水の水音も寒々しく聞こえる。

「あの、森園さん……俺のこと、覚えてますか？」

コートを着込み、マフラーを巻いた茉白に、俺は尋ねた。

はじめて会った日から半年も経っているんだ。

あの日のことを忘れていても仕方ないとは思っていたけど……。

茉白は困ったように微笑んで、姉から聞いたという言葉を口にした。

「ごめんなさい。私、朝起きると、記憶が消えてしまうらしいんです」

「記憶が……消える？」

意味がわからず立ち尽くす俺の前で、茉白はたどたどしく説明してくれた。

自分の名前や、家族構成、幼いころの記憶はあるのに、事故前後からの記憶がない。

ないというか、一日経つと忘れてしまう。

今日起きたできごとも、行った場所も、会った人も、話した会話も……明日になれば茉白の頭から全部消える。

学校の授業も記憶に残らないから、高校を辞めてしまったという。

そしてあの日はじめて会った俺の記憶も、茉白の頭から消えていた。

「ごめんなさい……」

何度も口にする茉白の前で、俺は首を横に振った。

「謝らないでください」

茉白が謝ることじゃない。茉白はなんにも悪くない。

そういえば、前にどこかで聞いたことがある。記憶喪失になった人が、なにかの拍子にすべて思いだしたという話を。

だから茉白の記憶障害も、しばらくすれば、きっともとに戻るはず。

そんなふうに考えた俺は、今週は覚えているかもと期待して、日曜日になると茉白に尋ねる。

「こんにちは、森園茉白さん。俺のこと、覚えてますか？」

だけど今日も茉白にとって、俺は見知らぬ相手だった。

＊

「今日はこれ、買ってきたよ」

俺は近所の駄菓子屋で手に入れた、二本のラムネの瓶を見せる。

子どものころよく立ち寄っていた駄菓子屋に、まだ売っていてよかった。

茉白は不思議そうな顔つきでそれを眺める。

「先週、飲んでみたいって言ってたから」

戸惑うように視線を泳がせ、茉白は薄い唇を開いた。

「私……そう言ったんですか？　あなたに」

「うん。俺が、ラムネ飲んだことある？って聞いたら、飲んだことないから飲んでみたいって」

一年前、炭酸が飲めるようになったと言っていたのを思いだし、先週なにげなく聞いてみたんだ。茉白は俺にそんな話をしたことなんて、もちろん覚えていなかったけど。

それで俺が「来週買ってくるよ」って約束した。

夏の風に乗って、楽しそうなはしゃぎ声が聞こえてくる。噴水の前でボールを蹴っている、子どもたちの声だ。

この公園はボール遊びが禁止ではないらしく、サッカーボールで遊んでいる子どもが多い。

俺はそんな光景から顔をそむけ、茉白の手にラムネ瓶を渡す。

キンキンに冷えたやつを買ってきたから、まだひんやりと冷たい。暑さのせいで、瓶が汗をかいている。

「これ……どうやって開けるの？」

「教えてあげるよ」

俺はフィルムをはがして玉押しを取りだし、瓶の口に当てる。

「行くよ。見てて」

ぐっと力を入れて押し込むと、カコンッと音を立ててビー玉が落ち、シュワシュワと泡が浮き上がってくる。

「うわぁ……」

茉白は感心したように目を丸くした。

俺はちょっといい気分になる。

「やってみて」

「できるかな」

茉白がおそるおそる玉押しを押し込んだ。

しかしすぐに手を離してしまったせいか、泡が噴きだし、瓶を伝って膝の上にこぼれ落ちる。

「きゃっ」

「は、早く飲んで！」

思わず叫ぶと、茉白があわてて瓶に口をつけた。

ラムネをこぼしながら、必死に飲んでいる姿がかわいい。

「どう？」

「う、うん。すごくシュワシュワする」

炭酸だから当たり前だ。

思わず、あははっと笑ってしまったら、茉白はすねたように口をとがらせる。

「あーあ、びしょびしょになっちゃった」

だけどすぐに茉白も、声を立てて笑いだした。ふたりの笑い声が交じり合い、夏の空へはじける。

「でも甘くて、おいしいね」

「うん」

木漏れ日の差すベンチに並んで、爽やかなラムネをふたりで飲んだ。

ビー玉と、ガラス瓶がぶつかりあって、カラコロと澄んだ音を立てる。

淡いブルーの瓶の中、透明な泡が浮かんでは、儚く消えた。

明日になれば消えてしまう、茉白の記憶みたいに――。

「茉白さん、なにか欲しいものとか、好きなものとかある？　また来週持ってくるよ」

日差しが柔らかくなってきたころ、俺はいつものように茉白に尋ねた。

学校を辞めてしまった茉白は、平日は家で母親と過ごしているらしい。でも長い間続けていた、日曜日は公園で絵を描くという習慣は身についていて、毎週必ずここにやってくる。

茉白は少し考えてから、俺の顔を見つめて答えた。

「あなたの好きなものは？」

「え？」

「あなたの好きなものを見てみたい」

俺の好きなもの？

「そんなんでいいの？」

茉白がうなずく。

子どもたちの蹴ったサッカーボールが、コロコロとベンチに向かって転がってきた。

「どこ蹴ってんだよー」

「悪い悪い！」

足元にぶつかり止まったボールを、俺はぼんやりと見下ろす。

ひとりの子どもが走ってきて、俺の顔をちらっと見てからボールを拾う。

そして逃げるように仲間のもとへ戻っていく。

「じゃあ……考えておく」

そう言って俺は立ち上がった。噴水に西日があたって、金色に光っている。少しだけ涼しくなった風が、さわさわと緑の木々を揺らしていた。

「また来週も、会いにくるよ」

茉白はちょっと悲しそうに、俺の前で微笑んだ。

*

『うぜぇんだよ、青慈』

『さっさと消えろ』

言葉が鋭い棘になって、心臓に突き刺さる。

目を開けて、ああ夢かってホッとして、でも現実も変わらないって気づいて、あきらめる。

ベッドから下り、のろのろと制服に着替えていると、部屋の隅に置いてあるサッカーボールが目についた。

小学校からはじめたサッカー。中学校でサッカー部に入って、高校でも迷わずサッカー部に入部した。

仲間とも先輩ともうまくいっていて、好きなサッカーができて、女の子にもちょっとモテて、俺の高校生活は順調だった。順調すぎるくらいだった。

だけどたぶん他人から見たら、調子に乗った嫌なやつだったんだろう。

些細なことで先輩の機嫌をそこねてしまってから、コインが裏返るみたいに、ありふれた日常がぐるりとひっくり返った。


「あれ、青慈？　お前なにしに来たの？」

「ここはお前の来る場所じゃねぇだろ？」

部室に入るたび、先輩たちから嫌味を言われ、追いだされる。

練習中も、わざとミスするように仕向けてきて、失敗すれば怒鳴られる。

この前まで冗談を言って、笑い合っていたはずなのに……今の俺は先輩たちにとって、生意気でうっとうしい、そこにいるだけで邪魔な存在らしい。

あきらかに理不尽で、めちゃくちゃなことをされていても、いつも一緒にいた仲間は見て見ぬふり。下手に関わって、とばっちりを受けたくないのだろう。

ふざけんな。俺がなにしたって言うんだよ。

どうして俺が、出て行かなきゃならないんだ。

最初は強がっていたけれど、一度目をつけられたやつが、もとに戻れないってことも知っていた。

「うぜぇんだよ、青慈」

「さっさと消えろ」

汚い言葉を浴びせられ、精神的に追い詰められ、部活を辞めた。

同じサッカー部の仲間も、クラスの連中さえも離れていって、俺の居場所はなくなった。

それでも、学校で仲間外れにされているなんて、カッコ悪くて親には言えず、

「俺もう、サッカー辞める。興味なくなったし」

そんな下手な言い訳をして、なにごともなかったように登校する。

本当は毎朝起きると吐きそうで、学校なんて行きたくなかったのに。

グラウンドではサッカー部が朝練をしていた。昇降口には生徒たちの笑い声が響いている。

靴を履き替えようとして、うずくまった。

教室、行きたくねぇな……なんだかお腹も痛くなってきた気がする。

やっぱりこのまま帰ろうか……。

そう思ったとき、ふと気配を感じ、なんとなく顔を上げた。

目の前に見える、昇降口の展示スペース。いつもは気にせず通り過ぎる場所。

そこに飾ってある絵を、先生がかけ替えている。

「あ……」

そして先生が去ったあと、俺の視界にあの絵が現れた。
透明な水しぶきを上げる噴水と、その前で笑っている子どもたちの絵。
窓から差し込む朝の日差しを浴びて、それは眩しく輝いて見えた。
俺はゆっくりと腰を上げ、絵の前に立った。
その瞬間、なぜだか涙がぼろぼろこぼれた。
純粋にボールを蹴っていたころの記憶が、蘇ったからだろうか。
知らない人が描いた一枚の絵。
だけどその絵は俺の心に入り込んで、離れてくれなかった。

それから毎朝、絵を見るためだけに、学校に通った。
あの絵に出会わなければ、俺はとっくに学校なんか辞めていた。
そしてあの日、やっと彼女を見つけたんだ。
手を伸ばし、部屋にあったサッカーボールに触れてみる。
『あなたの好きなものを見てみたい』
「俺の好きなものか……」

久しぶりに、ボールを軽く蹴飛ばしてみる。

だけど思いのほか強かったらしく、壁にぶつかり大きな音を立てた。

「ちょっと青慈ー！　なにやってんの？　早くしないと遅刻するよー」

部屋の外から聞こえる母親の声。

「わかってるー」

俺はそう答え、拾ったボールをもう一度壁に蹴飛ばした。

＊

「こんにちは、森園茉白さん。俺のこと、覚えてますか？」

俺は残酷だ。茉白が覚えてないとわかっていて、毎回尋ねる。

茉白は今日も、スケッチしていた手を止め、困ったようにかすかに微笑む。

「ごめんなさい。私、朝起きると、記憶が消えてしまうらしいんです」

俺は茉白の前で、今日も笑顔を作る。

「俺、羽野青慈っていいます。茉白さんが通ってた高校の、二年後輩です」

いつもの自己紹介をしたあと、俺は茉白にサッカーボールを見せた。

「今日は、これを持ってきたんだ」

茉白が首をかしげる。先週自分で言った言葉を、茉白は覚えていない。

「そこで見てて」

広い場所へ出て、得意なリフティングをやってみた。久しぶりだったけど、体が覚えてくれていた。

「わぁ、お兄ちゃん、すごい！」

近くにいた子どもたちが集まってくる。

珍しく褒められて、気分がよくなってきた。きっと俺は今、調子に乗ってる。

でもなんだか楽しくて。こんな気持ちになったのは、いつぶりだろう。

俺、やっぱり、サッカーが好きなのかもしれないな。

「茉白さんもやってみる？」

鉛筆を持ってこっちを見ていた茉白が、驚いたように首を振る。

「わ、私は無理」

「教えてあげるよ」

「い、いえっ、私は見てるだけで十分だから」

ビビっている茉白がかわいくて、俺は笑った。

「お兄ちゃん、やり方教えて」

「いいよ」

子どもたちに手を引かれながら、ちらっと茉白を見る。

茉白はベンチに座ったまま、にっこりと微笑む。

「じゃあ、茉白さんは、そこで見ててよ」

茉白がおだやかにうなずいた。

いいんだ、きっと。茉白が笑っているから、俺も笑っていいんだ。

晴れ渡った空の下へ、足を踏みだす。

水しぶきが飛び散る噴水の前で、俺はボールを高く蹴り上げた。


「じゃあ、またねー、お兄ちゃん！」

「ああ、またな」

気づけばあたりは、金色に染まっていた。子どもたちが手を振って、家に帰っていく。

その姿を見送ると、俺は急いで茉白のもとへ駆け寄った。

「ごめん、茉白さん。俺ひとりで楽しんじゃって」

「ううん。すごくいいもの見せてもらっちゃった」

「すごくいいもの？」

その言葉には答えずに、茉白はただ微笑んでいる。

茉白の膝の上には閉じたスケッチブック。

夕暮れの風が吹き、茉白の柔らかそうな髪が揺れた。

俺はそんな茉白に今日も尋ねる。

「茉白さん、なにか欲しいものとかない？　来週持ってくるよ」

茉白は少し考えて首を横に振る。

「ううん、なにもいらない」

「なんかあるだろ？　好きなものとか、やりたいこととか」

茉白が欲しいというものなら、どこまででも買いに行こうと思った。

茉白のために、なんでもしてあげたいと思った。

けれど茉白は、もう一度首を振り、小さな声でつぶやく。

「あなたが来てくれれば、それでいいよ」

胸の奥がかあっと熱くなる。心臓の動きが速くなり、いつもの作り笑いができない。

その途端、ずっとため込んでいた想いが、言葉になってあふれでた。

「茉白さん……俺……」

茉白が不思議そうに俺を見る。

「俺、茉白さんのことが好きだ」

茉白の瞳が大きく見開く。

「はじめてあの絵を見たときから……顔も知らない茉白さんのこと……好きになったんだ」

茉白の白い頬が、赤く染まった。

だけどすぐに、視線が戸惑うように揺れ動く。

そして気まずそうに俺から顔をそむけ、下を向いた。

その表情は苦しげで、俺の言葉が彼女をこんな顔にさせたんだと気づいた。

「あ、いや、ごめん。急にこんなこと言って……」

うつむいてしまった茉白に言う。

「はじめて会ったやつにこんなこと言われても……困るよな」

そう。茉白にとって俺は、今日はじめて会った人。

今日はじめて名前を名乗って、今日はじめて言葉を交わして、今日はじめて笑い合って……ただそれだけの人なんだ。

ははは、っと笑って、一歩下がった。

「また来週も会いにくるから」

茉白はやっぱり寂しそうに、俺の前で微笑んだ。

サッカーボールを持って公園を出る。

さっき子どもたちとボールを蹴っていたときの、清々しい気持ちが嘘のように、気分が重い。

うつむいて歩いていると、背中に声をかけられた。

「羽野青慈くん」

振り返った俺の目に、知らない女の人の姿が映る。

公園前の、車の行き交う道路。緑の街路樹に覆われた歩道の上を、その人は俺に向かって近づいてくる。

なぜだか胸がざわざわとさわぐ。

「君の話は、妹からよく聞いてるよ。本人はすぐ、忘れちゃうけど」

「……茉白さんのお姉さん？」

女の人がうなずく。ちょっと気が強そうだけど、色素の薄い感じが茉白に似ている。

茉白のお姉さんは、俺の前に立ち止まってこう言った。

「あの子の記憶のことは、もちろん知ってるんだよね？」

俺は黙ってうなずいた。お姉さんは俺の顔をまっすぐ見つめて続ける。

「事故に遭ってから、茉白はいろんなことをあきらめたの。高校に通うことも、将来の夢もあきらめた」

はじめて会った日、茉白は言った。もっともっと絵の勉強をして、将来は絵を描く仕事に就きたいと。

その夢を、あきらめてしまったというのか？

「だからもう、あの子を刺激しないで。茉白は君たちとは違うの。このままそっとしておいてあげて」

お姉さんが俺の腕をつかむ。

「もう茉白には会わないで欲しいの」

突然の言葉に声を失う。

お姉さんは腕をつかんだまま、ため息を吐くようにつぶやいた。

「ごめんね。茉白は毎週、君のことを忘れないように記録しているけど、私が消してるんだ」

「なんでそんなこと……」

お姉さんが静かに目を伏せる。

「これは君のためでもあるんだよ。どんなに君が茉白を想ってくれても、茉白は覚えていられない。たとえ記録に残っていても、心の中には残っていない。まだ高校生の君に、そんな辛い想いはさせたくないの」

汗ばんだ手のひらを、ぎゅっと握った。

「もう茉白のことは忘れて。君には普通の高校生がしているみたいな、普通の恋愛をして欲しい。ね？　お願い」

お姉さんの手が、俺から離れる。その顔は、茉白と同じように悲しそうだった。

この人の言いたいことはわかる。わかるけど……。

もしかしたら明日には、茉白の記憶障害が治っているかもしれないじゃないか。

「でも俺は……また来週会いにきます」

お姉さんが顔をしかめる。

「だって約束したから……俺は、茉白さんと」

また来週会いにくるって。

＊

翌週の日曜日は、午後になると、生ぬるい雨が降りはじめた。

俺は透明な傘を差し、いつもの公園に向かう。

雨の日、茉白は噴水から少し離れた場所にある、東屋（あずまや）で絵を描いている。ベンチとテーブルの上に屋根がついた、休憩所のようなところだ。

噴水の前に立ち、俺は屋根の下のベンチを見つめた。

まわりにひと気はなく、茉白がひとり、そこに座っている。

だけど今日、茉白はスケッチブックを持っていない。

『雨の日までスケッチしなくても……』

前に俺が言ったら、茉白は笑って答えた。

『雨の日には、雨の日しか描けないものがあるんだよ』

それを聞いたとき、俺は思ったんだ。

茉白は本当に、絵を描くのが好きなんだなぁって。

ぼんやりと茉白の姿を見つめていたら、先週聞いた、茉白のお姉さんの声が頭に浮かんだ。

『もう茉白には会わないで欲しいの』

俺は傘の柄をぎゅっと握りしめ、その言葉を頭から追い払う。

そして水たまりを踏みつけるように進み、茉白の前に立った。

「こんにちは、森園茉白さん」

茉白が静かに顔を上げる。

「俺のこと、覚えてますか？」

茉白は今日も、悲しそうに頬をゆるめた。

いつもの自己紹介をして、茉白のとなりに座った。

今日は子どもたちのはしゃぎ声が聞こえない。ただしとしとと降り続く雨の音だけが、ふたりのいる屋根の下にかすかに響く。

「今日は……スケッチブックを持ってないんだな」

茉白ははっとした表情で、俺のことを見る。その顔が怯えているようにも見えて、俺は明るい声で付け加える。

「いや、いつも描いてたのに、どうしてかなって思って……」

茉白がうつむいてしまった。俺は黙って茉白の答えを待つ。

「私、将来は……絵を描く仕事をしたかったの……」

雨の音に混じって、茉白の消えそうな声が響く。

「でももう……無理だから……」

茉白がほんの少し、頬をゆるめる。

「記憶が続かない私が、もう絵なんか描いても、仕方ないでしょう?」

頭の中に、お姉さんの言葉が浮かんでくる。

『事故に遭ってから、茉白はいろんなことをあきらめたの。高校に通うことも、将来の夢もあきらめた』

俺は膝の上で、手のひらを強く握りしめる。

なんで?　なんであきらめなきゃいけないんだよ。

茉白はなにも悪いことしていないのに。

あんなに絵を描くのが好きなのに。

気づけば声を上げていた。自分でもどうしてこんな声をだしたのか、信じられなかった。

「あきらめるなよ！」

茉白が驚いたように目を見開く。

俺はそんな茉白に伝える。

「好きだったら、あきらめるなよ。きっとなんとかなるはずだから」

「なんとかって？」

その声に言葉が詰まった。

茉白は一旦、唇を噛みしめてから、辛そうに顔を歪めて言った。

「あなたに私の気持ちはわからない」

たった一日で消えてしまう記憶。いつ治るのかわからない不安。

常に怯えて毎日を過ごしている茉白の気持ちが、俺にどこまでわかっているっていうんだろう。

「……ごめん」

雨がぽつぽつと屋根を叩く。閉じた傘から雨のしずくが流れ落ち、足元に小さな水たまりを作る。

するとと茉白がかすかに首を振り、申し訳なさそうにつぶやいた。

「私こそ……ごめんなさい」

茉白はいつまで「ごめんなさい」と言い続けなければならないのか。

もどかしい気持ちでいっぱいになり、胸が張り裂けそうだ。

頭を下げたあと、茉白は視線を外へ向けた。

いつもだったら鮮やかに見える夏の風景が、雨のせいかグレーにくすんで見える。

「雨……やまないね」

誰にともなく茉白がつぶやく。

雨は音を立てて降り続いていた。蒸し暑い空気が体にまとわりついてうっとうしい。

「雨はいつ……やむんだろうね」

茉白はじっと雨を見ていた。

その姿は今にも消えてしまいそうで……だけど俺にはなにもできなくて。

俺が茉白にしてあげられることなんて、なにもないんだ。

「茉白さん……」

自分の声が、少し震えていた。

「俺……来週も来るから」

茉白がゆっくりとこっちを向く。
「来週も茉白さんに、会いにくるから」
茉白はなにも言わず、寂しそうに微笑む。
俺がしていることは、なんなんだろう。
茉白のお姉さんに、『会わないで』と言われたのに。
茉白の気持ちなんて、わかりっこないのに。
それでも会いたいから。ただ会いたいから。
そんな理由で毎週会いにくるのは、子どもみたいな、ただのわがままなんだろうか。
苦しんでいる茉白のために、なにもしてあげられないくせに。
「じゃあ……また」
茉白の返事を聞かずに立ち上がる。
降り続く雨の中に傘を開き、ぬかるんだ地面に足を踏みだす。
水たまりを力任せに踏みつけたら、スニーカーにじわじわと雨水が浸み込んできた。
濡れた足が気持ち悪くて、胸の奥も気持ち悪くて、どうにかなってしまいそうだった。

＊

次の週、公園に茉白がいなかった。

「なんで？」

雨が降っても雪が降っても、必ず茉白はここにいたのに。

晴れた空の下、噴き上がる噴水のそばでは、今日も子どもたちが走りまわっている。

「どうして……」

雨の日に茉白が座っていた、東屋に行ってみた。芝生広場も、野球場のほうも捜してみた。

だけどどこにも茉白の姿が見えない。

先週のどんよりとした空気を思い浮かべ、嫌な気持ちが湧き上ってきて、公園を飛びだす。

茉白になにかあったらどうしよう。また事故に遭ったりしたら。茉白がこのまま消えてしまったら……。

公園の前は、店やビルの建ち並ぶ広い道路だ。俺はあたりを見まわしながら、歩道を走る。

やがて最近できたばかりの、大型ショッピングセンターが見えてきた。

日曜日の午後、このあたりは大勢の人で賑わっている。茉白と同じ年ごろの女の子も多い。

人混みにまぎれ、必死に捜していたら、店の入り口に立っている茉白を見つけた。

「茉白さんっ！」

よかった。無事だった。

思わず駆け寄って、その腕をぐっとつかむ。

「やっと会えた！」

「ひっ」

茉白が肩をびくっと震わせ、俺の手を振り払った。

「誰？」

その声が、胸にぐさりと突き刺さる。

明るい笑い声が響く中、茉白は完全に怯えていた。

そうだろう。知らない男にいきなり腕をつかまれれば、誰だって驚く。

茉白の気持ちを想像したら、心の中がすうっと空っぽになっていく気がした。

「す、すみません」

つかんでいた手をそっと離す。

「人違い……でした」

そうつぶやいた俺を、駆けつけてきた茉白のお姉さんが見た。

茉白は今日も、スケッチブックを持っていなかった。

本当に絵を描くのを、やめてしまったのだろうか。

それともお姉さんが、あの公園に行かせなかったのだろうか。

「茉白、お待たせ。買いもの行こう」

「うん」

お姉さんに手を引かれ、茉白が歩きだす。

茉白は俺のことを覚えていない。約束したことも覚えていない。

俺の前で笑ったことも、一緒にラムネを飲んだことも、俺が来てくれるだけでいいと言ってくれたことも……。

ラムネ瓶の中の泡のように、全部茉白の頭から消えてしまった。

茉白の記憶障害はいつ治るんだろう。このまま治らなかったら？

俺は茉白にとって毎回ずっと、見知らぬ相手のままなんだ。

呆然（ぼうぜん）と立ち尽くす俺を、振り返った茉白が見た。

そんな茉白の手をお姉さんが引っ張り、ふたりは人混みの中に消えていく。

その姿がじんわりとにじんで、足元に透明なしずくがぽたぽたと落ちた。

＊

「今日は出かけないの？」

リビングでぼうっとテレビを見ていたら、母親に言われた。

「そういえば最近、いつも家にいるね。毎週日曜日は、どこか行ってたくせに」

「うるせぇな」

無性にイライラして、リモコンで乱暴にテレビを消し、立ち上がる。

「ちゃんと勉強しなさいよ。部活も辞めちゃって、暇なんでしょ？」

その声には答えず、自分の部屋に入りドアを閉めた。

ショッピングセンターの前で茉白の背中を見送ってから、俺は二週間公園に行っていない。

『誰？』

俺を見つめる茉白の怯えた瞳。かすかに震えていた白い腕。

きっと俺は、茉白をずっと苦しめていた。

会うたびに「覚えてる？」って聞いて、ずっとずっと苦しめていた。

「くそっ……」

両手をベッドに叩きつけ、頭を沈める。

結局俺は、茉白になにもしてあげられないどころか、彼女にとって邪魔な人間でしかなかった。

「最低だな……俺……」

そっと視線を動かすと、部屋の隅に置いてあるサッカーボールが見えた。

空っぽの心に、木漏れ日の中で見た、茉白の顔が浮かぶ。

『ううん。すごくいいもの見せてもらっちゃった』

茉白は俺にそう言ってくれた。

こんな最低な俺の前で、微笑んでくれた。

「もう一度だけ……」

ゆらりと重い体を起こす。

もう一度だけ、茉白の顔を見に行こう。

気づかれなくていい。声もかけない。

そして明日になったら、茉白のことは忘れるんだ。

俺を忘れてしまう、茉白と同じように――。

真夏の公園は日差しが強い。

噴水は今日も水しぶきを上げ、子どもたちがそのまわりではしゃいでいる。

緑の木陰に視線を移すと、ベンチに座っている茉白の姿が見えた。

柔らかそうな茶色い髪に、ブルーのワンピース。膝の上にはいつも持っているスケッチブック。

ああ、今日は絵を描くんだ。

いつもの場所に来ることができたんだ。

『私、毎週日曜日は、ここで絵を描いてるの』

はじめて会った日を思いだし、声をかけそうになったけど、その気持ちをぐっとこらえる。

最後だ。茉白の姿を見るのは、これが本当に最後。

茉白はもう、俺に「覚えてる？」って聞かれて、悲しそうに微笑まなくていいし、俺も無理やり笑顔を作って、無意味な自己紹介を続けなくていい。

ベンチの前を通る。茉白はスケッチブックを見下ろしている。

気づかない。気づくはずはない。

『また来週も会いにくるから』

そんな約束、どうせ茉白は覚えていない。

「あ、サッカーのお兄ちゃんだ！」

突然声をかけられ、はっとする。

「ほんとだ！」

「ねぇ、またサッカー教えてよ！」

いつの間にか俺のまわりに、子どもたちが集まってきて、腕を引っ張られる。

俺は茉白に背中を向け、少し考えてから子どもたちに答える。

「いいよ。やろうか？」

「やったー！」

「やろう、やろう！」

無邪気な声に、昔の自分を重ね合わせ、涙が出そうになる。

だけどもう忘れるんだ。

好きだったサッカーも、毎週公園に通ったことも、茉白との思い出も……。

全部全部、俺の頭から消してしまえ。

「よしっ、行くぞ！」

子どもに借りたボールを、思いっきり蹴り上げる。

青空に向かって、噴水のように高く上がったボールを、子どもたちが大はしゃぎで追いかける。

鼻をすすって、俺もそのあとを追いかけた。

もう後ろは振り返らない。茉白はきっと、俺のことなんか見ていない。

「楽しかったねー」

「お兄ちゃん、ありがとう！」

子どもたちが手を振って、家に帰っていく。俺も手を振り返しながら、大きく息を吐く。

気づけばまた、時間を忘れて遊んでいた。

悔しいけれど、こんなに夢中になれるのは、俺がまだサッカーを忘れたくないからかもしれない。

もう一度息を吐き、額の汗を拭ったとき、背中に澄んだ声がかかった。

「あの……」

聞き慣れたその声に、大きく心臓が跳ねた。

立ち止まった足が、みっともなく震えている。

「これ……あなたですよね？」

動悸を必死に落ち着かせながら、ゆっくり振り返ると、互いの視線がぶつかった。

薄茶色の瞳に映っている俺は、情けない顔をしているに違いない。

ただ呆然と立ち尽くす俺の前に、茉白がスケッチブックを差しだしてくる。

「私、記憶がないんです。でも今日ここに来て、スケッチブックを開いたら、この絵が描いてあって……私が描いたんだと思うんですけど」

俺は茉白の手から、スケッチブックを受け取る。

手が震えて、息をするのが苦しい。

「これを見ていたら、なんだか涙が出てきてしまって……」

それは噴水の前で、俺が子どもたちとサッカーをしている絵だった。

『あなたの好きなものを見てみたい』

そう言われ、家からボールを持ってきたあの日、茉白が俺の絵を描いたのだ。

無邪気な顔で笑っている、絵の中の自分を見て、無性（むしょう）に恥ずかしくなる。

すると茉白が、潤（うる）んだ瞳で俺に言った。

「教えてもらえますか？　あなたのこと」

茉白の声が、胸の奥に染み込む。

ぽろっとこぼれた俺の涙が、スケッチブックの上に落ちた。

ごしごしと目元をこすって、まっすぐ茉白の顔を見つめる。

「何回でも教えます」

茉白の瞳に俺が映る。俺ははっきりと声をだす。

「俺、羽野青慈っていいます」

透けるような茶色い髪が、真夏の風にさらりと流れる。

「好きなものはサッカーと……森園茉白さんです」

茉白の頬が赤く染まり、泣きそうな顔で微笑んだ。

そんな君に、何回でも何百回でも、この言葉を伝えよう。

「俺は、あなたのことが……茉白さんのことが大好きです」

高く噴き上がった水しぶきが、風になびいて虹を作る。

透明なしずくは空ではじけて、夏のにおいの中に消えていった。

＊

ジャージやシューズを詰め込んだ、重いバッグを肩にかけ直す。

少し冷たい風を受けながら、校舎の前で足を止め、大きく一回、朝の空気を吸い込む。

胸の奥がざわざわして、今すぐ引き返したい気分だったけど、ぐっとそれをこらえた。

「私、絵の勉強をしようと思ってるの」

秋風が吹くようになった日曜日の午後。

いつもの公園のベンチでスケッチをしながら、茉白が言った。

「記憶が消えてしまうからって、小さいころからの夢をあきらめたくない。お姉ちゃんにもそう伝えたの」

鉛筆を動かす手を止めて、茉白が俺の顔を見る。

「私、絵を描くことが、好きだから」

俺のとなりで、ふんわりと微笑む茉白。

噴水の向こうの木々は、少しずつ色づきはじめている。

季節が変わり、茉白は困った顔で笑うことが少なくなった。

消えてしまう記憶に怯えながらも、茉白は未来を見つめ、前に向かって歩きだそうとしている。

茉白がまた、鉛筆を動かしはじめた。スケッチブックの中に、茉白は今日も俺の絵を描く。

このスケッチブックを開くたび、俺の存在に気づくように。

日曜日の午後、俺とここで会ったできごとを、なかったことにしないように。

「大丈夫。きっと夢は叶(かな)うよ」

俺の言った言葉に、茉白が恥ずかしそうに微笑む。

「ありがとう。青慈くん」

その声を聞いて思った。

もう一度、俺も挑戦してみようか。

茉白のように、好きなものに向かって、一歩踏みだしてみようか。

あきらめかけたことに、再び挑戦するのはすごく怖い。逃げているほうが、楽かもしれない。

それでも必死に変わろうとしている茉白を見て、俺も変わりたいって思ったんだ。

きっと今の俺なら、できるはずだから――。


重い足を動かし、昇降口から校舎に入る。

うつむいて、ゆっくり呼吸を整えてから、思い切って顔を上げる。

目の前に見えるのは、真っ白な壁。もうここに、あの絵は飾られていない。

それでも俺には見えるような気がした。

朝の日差しを浴びる、茉白の絵が。キラキラと眩しく輝く、噴水のしぶきが。

「よし。行こう」

自分自身を奮い立たせるために声をだす。

朝練に集まる、生徒たちの騒ぎ声が聞こえてくる。

俺は廊下に立ち、いつもとは違う方向に体を向けた。

今日向かうのは教室ではなく、サッカー部の部室だ。

一度辞めた部活に戻るのはカッコ悪いけど、このまま逃げ続けるほうが、もっとカッコ悪い。

俺は俺の好きなサッカーをやる。そう決めたんだ。

肩のバッグをもう一度かけ直し、冷えた廊下に、足を踏みだす。

記憶に残った茉白の絵が、前を向く俺の背中を、そっと押してくれた。

なにもいらない

此見えこ

あの日、せんせぇのためなら、あたしは死んでもいいと思った。

マッチを放ると、瞬く間に橙色の炎が広がった。

街灯のない真っ暗な公園が、ぼうっと明るく照らされる。

ぱちぱちと小さな音を立て、教科書が燃えていく。表紙が黒くなり、ぐにゃりと歪む。そこにマジックで書き殴られていた、《死ね》と《ウザい》の文字も。あっという間に新たな黒に塗りつぶされ、見えなくなる。

その様子を少しだけ眺めたあとで、あたしはポケットから一枚の写真を取り出した。

穏やかに微笑むあの人と、その隣で明るく笑う、茶色い髪の女の人。彼女の腕には、まるい瞳をまっすぐにこちらへ向ける、四歳ぐらいの男の子。

目もとは俺に似てるってよく言われるんだよなあ、なんて。いつだったか、彼がうれしそうにのろけていたのを思い出す。

「……似てないし」

呟いて、あたしは炎の中に写真を放る。

彼の目は細くて、笑うとすぐに消えてしまう。目尻に刻まれる細かな皺に埋もれるように。真顔だとクールな印象の彼の顔が、くしゃりとしたその笑顔になると、途端に幼くなる。

こんな、くりくりしたまるい瞳とは似ても似つかない。誰が似てるなんて言ったのだろう。

似てない。ちっとも。

軽く唇を噛みながら、あたしは燃えていく写真を見つめる。女の人のきれいに巻かれた長い髪も、男の子の無邪気な瞳も、あたしに向けられるものよりずっとずっと優しい、彼の笑顔も。ぜんぶがあっという間に灰になっていくのを眺めながら、あたしは思う。あの家も。

──あの家も、こんなふうに燃えるだろうか。

◇

「四組の高橋くん、かっこいいと思うんだよね」

友達だったあの子が頬を染めながらそう言った日、あたしの中学生活は終わった。

移動教室の途中だった。彼女が赤い顔で指さしていたのは、数メートル先の廊下を歩いていたひとりの男子生徒で。

「いっかい話してみたいんだ」

「じゃあ話しかけにいったら？」

はにかみながら彼女が続けたので、あたしは言った。当たり前のように。意中の彼はちょうどひとりだし、いくなら今がチャンスだと思ったから。

だけど当の彼女はうつむいて、「いやー、でも……」だとかもごもご呟くばかりで動かない。そうこうしているうちに彼が四組の教室に入っていきそうになったので、

「あたしが呼んできてあげる」

返事も待たず、あたしは彼女の代わりに彼のもとへ駆け寄った。

今思えば、少しずれていたのかもしれない。だけどそのときは、それが彼女のための最良だと疑わなかった。

声をかけ、驚いたように振り向いた彼に、短く事情を説明する。そうして彼を連れて彼女のもとへ戻ると、彼女は目を丸くして、そんなあたしたちのことを見つめていた。

呆然と立ちつくす彼女に彼を渡し、あたしはさっさとひとりで教室に戻る。もちろん、ふたりきりで話ができるように。気を利かせたつもりだった。だからそのときはただ、恋のアシストができたことに満足していた。ほくほくした気分で席に座り、今か今かと戻ってくる彼女を待った。

それから三分ほど遅れて、彼女は教室に入ってきた。あれ、意外と早かったな、と思いながらあたしは彼女に駆け寄り、「どうだった?」と弾む声で問いかけた。そのときだった。

突然、彼女が泣き出した。肩を震わせ、ぼろぼろと涙をこぼしながら。彼女は、あ

たしへの恨み言を並べた。

――急にあんな状況作られても困る。ぜんぜんうまく話せなかった。変な空気になった。きっと変なやつだと思われた。嫌われた。あんたがよけいなことをしたせいで。あんたのせいで。

まくし立てる彼女の悲痛な声は、いつの間にかしんとなっていた教室に、ぞっとするほどよく響いた。


それ以降、彼女はあたしと話してくれなくなった。あからさまに避けられ、ときどきすれ違うときに睨まれたり、べつの友達と、あたしのほうを見ながらこそこそと陰口を叩かれたりするようになった。

それだけならまだよかったのだけれど、その一件で変わったのは、彼女の態度だけではなかった。

その日の出来事について、彼女がだいぶあたしのことを悪し様に吹聴したのかもしれない。気づけばあたしはクラスですっかり浮いていて、誰もあたしに話しかけてこなくなった。体育の授業でペアを組む相手も、昼休みいっしょにお弁当を食べる相手も、いなくなった。

――もともとわたしも嫌いだった。空気読めないよね、あいつ。よけいなお世話ばっかりしてさ。

あたしに聞こえるようにささやき合うそんな声が響く教室で、あたしはただ、息を殺して過ごすようになった。

それでも今思えば、あの頃はまだマシだった。ただ無視をされ、陰口を叩かれるだけだったから。

状況がもっと悪くなったのは、二学期に入ってすぐ。

その頃には、あたしが嫌われる原因となった彼女には、例の彼とは違う、べつの彼氏ができていた。あの日大泣きした例の彼のことなんてすっかり忘れたように、新たな彼氏と毎日楽しそうだった。

けれどあたしへの攻撃だけは止まなかった。それを主導しているのはもう、彼女ではなかった。ただきっと、そういう雰囲気がすでにできあがっていて、それがこのクラスの当たり前になっていた。

今でも鮮明に思い出せる。その日も息が詰まりそうになりながらなんとか放課後まで過ごして、逃げるように向かった先の下駄箱で。

はじめて、空っぽの下駄箱を見たときの足もとが抜けるような絶望感と、

「――初瀬？　どうした？」

立ちつくすあたしの背中にかかった、その声のやわらかさを。

真っ暗闇に一筋の光が差したようだった、あの瞬間を。

あたしはきっと、これからも、一生忘れられないのだろう。

◇

職員室の戸を開けるとき、あたしは少しだけ緊張した。三ヵ月前から毎日のように、もう数えきれないぐらい訪れた場所なのに。

今日が最後だからだろうか。べつに感傷なんて湧かないと思っていたけれど、いざ彼の姿を見つけて歩み寄ろうとしたら、なんだか少し胸が詰まった。

彼のほうはもちろん、そんなあたしの感傷なんて知らず、いつもと同じ様子で自分の席にいる。すらりとした背中を丸めて、机の引き出しをごそごそ漁っている。

「――三上せんせぇ」

そんな彼の背中に声をかけると、彼はすぐに顔を上げ、こちらを見た。

「おー、初瀬」

いつもと同じ、くしゃりとした笑顔で応え、引き出しを閉める。そうして当たり前のように、身体ごとあたしのほうに向き直った。

彼はいつも、そうだった。なにか作業していても必ずそれを中断して、あたしのほうを見てくれた。

「なにしてたの？　なんか探しもの？」

「ああ、うん」

知っているくせに白々しく訊ねれば、彼は少し困ったような笑顔で、

「ちょっとなあ。たいしたものじゃないんだけど」

「なに？　いっしょに探してあげよーか」

「いや、ほんとたいしたものじゃないから」

だいぶ探したのだろうか。彼の指先は、少し黒く汚れている。そのことに、今更ながらちりっとした罪悪感が湧く。きっと彼が今探しているのは、昨日あたしが盗んで、燃やしてしまったものだから。

「大丈夫、財布とかじゃないし。またあとでゆっくり探してみるよ」

「……そ」

明るく笑う彼から目を逸らし、あたしは彼の席の隣、英語の先生の机に、持ってきたプリントを置く。するとすぐに、「なんだ初瀬」とからかうような声が横から飛んできた。

「宿題忘れてたのか」

「違うし。これ、明日提出のプリント。今日のうちに終わったから持ってきただけ」

たぶん、あたしは明日学校に来られないだろうから。どうせ明日になれば、宿題のプリントなんてどうでもよくなっているだろうけれど。それでも今日までは、あくまでも優等生であろうとしている自分が、なんだか滑稽だった。

「そうか。そうだよなあ、初瀬は宿題忘れたりしないか」

あたしの言葉を聞いて、彼はひとり満足げに頷く。眼鏡の奥の細い目が、ますます細くなる。

「真面目でえらいもんなあ、初瀬は」

あたしはなにも返さず、黙って彼の前に立った。

「せんせぇ」ずいと両手を差し出せば、彼はぽかんとした顔でこちらを見上げる。その顔は、他の先生たちとはぜんぜん違う若々しさがあって、女子生徒たちからはひそかに人気が高い。彼は知らないみたいだし、あたしだってそんなこと、ぜったいに教えてあげないけど。

「あたし、このまえの期末、数学百点だった」

「ああ、知ってるぞ。職員室でも話題になったよ。あれ平均低かったのに、さすがだなあ、初瀬は」

よくやったよくやった、ともう開いているのかよくわからないぐらい目を細めて、彼はあたしに笑いかける。目尻には細かい皺もたくさん刻まれていて、これがあたしに作ることができる、彼のいちばんうれしそうな笑顔だった。

「だから」

「ん？」

「ご褒美(ほうび)ちょーだい」

「わかったわかった」

彼は慣れたように頷いて、デスクのいちばん上の引き出しを開ける。そうして、そこから駄菓子屋さんに売っているような、大きないちご味の飴(あめ)を取り出すと、

「内緒だぞ」

いたずらっぽい笑顔で差し出されたそれを、口の中に放る。そのまま力いっぱい噛みしめれば、がりっ、と思いのほか大きな音がした。彼がちょっと驚いたようにこちらを見る。

「なんだおまえ、噛みくだいちゃう派か」

「まーね」

適当に頷いて、あたしは英語教師と反対隣のデスクの椅子に座る。かわいそうなこの席の主は、頭のおかしなモンスターペアレントに精神をやられて現在休職中のため、ここ最近、職員室で彼と話すときのあたしの特等席になっている。

「初瀬」

ふいに真剣な声で名前を呼ばれ、どくん、と心臓が鳴った。

彼のほうを見ると、また身体ごとあたしへ向き直った彼が、急に先生じみた顔をして、

「最近どうだ」

「……どうって」

「ほら、なんだ、学校生活とか」

あたしはがりがりと飴を噛み砕きながら、くるりと椅子を回して外を見た。

夕陽がグラウンドを赤く照らしている。野球部が球を打つ乾いた音と、歓声だか怒鳴り声だかよくわからない喧噪が、あたしと彼の他に誰もいない職員室にはよく響く。

もう少ししたら、夜がやってくる。

昨日見た橙色の炎が映えるであろう、真っ暗な夜が。

「……べつにどうも。平々凡々な毎日だけど」

「なんか困ったこととかもないのか」

「そうだね。最近は数学の成績が頭打ちになってきたことぐらいかな」

言うと、彼は短く声を立てて笑った。

「そりゃまあ、百点より上にはいきようがないからなあ」

「そうなんだよね。それがちょっと、最近つまんない」

「おお、言ってくれるなあ」

あきれたような、けれどどこかうれしさをにじませた声で彼は笑って、

「まあ、それぐらいの悩みしかないならなによりだよ」

「うん」

「山本(やまもと)たちは」

言いかけて、彼は思い直したように言葉を切った。

一瞬だけ硬い沈黙が流れたけれど、すぐに彼はそれを散らすように、

「そういえば、初瀬に渡すものがあるんだった」

え、と思わず声を立ててしまったあたしに、彼は机の上のクリアファイルから一枚のプリントを取り出す。そうして笑顔でそれをあたしに差し出しながら、

「北宮(きたみや)高校の数学の入試問題。だいぶ難しいけど、初瀬ならけっこうやれると思うぞ。挑戦してみないか」

「……北宮高校」

「初瀬、北宮目指すって言ってたろ」

あたしは渡されたプリントに目を落とした。数学の問題のくせに、ずらずらと長ったるい文章ばかりが並んでいる。どちらかというと現代文のプリントみたいだ。

「――せんせぇは」

「ん？」

「あたしが北宮に合格したら、うれしい？」

そりゃうれしいよ、とあっさり返された言葉には、なんの嘘も見えなかった。

「自分の教え子が北宮に受かるなんて、教師としちゃ誇らしいだろ」

「ふーん。そういうもんなんだ」

「でも本気で、初瀬なら充分可能性あると思うぞ。三ヵ月でここまで成績伸ばした生徒、おまえがはじめてだよ。他の先生たちもよく言ってるぞ。初瀬は本当に頑張ってるって」

後半のどうでもいい情報は聞き流して、受け取ったプリントをふたつに折りたたむ。

そうして、「ありがと」といちおうお礼を言ってから、

「解いてきたら、せんせぇ、採点してくれる？」

「おお、もちろん」

前向きな返事に、彼の声があからさまに弾む。うれしそうに、細い目をよりいっそう細める。

その笑顔を見ると、また一瞬、胸の奥が軋むように痛んだ。

あたしがこれを解いてきたら、きっと彼は、心の底から喜んでくれるのだろう。も

し全問正解なんてしてみせたら、また目が消えちゃうぐらいのしわくちゃの笑顔になって、全力であたしを褒めてくれるんだ。よくやった、頑張ったな、初瀬はすごいな——、なんて。

明日のそんな彼に、会いたいと思った。思ってしまった。

そんなもの、必死に求めても虚しいだけだって、もう知っているのに。

どれだけ頑張って、彼にとっての自慢の生徒になったところで。あたしの欲しいものなんて、ぜったいに、手に入らないのだから。

「せんせぇ」

「うん」

「健くん、元気？」

「え？　ああ、そりゃもう」

彼は不意を突かれたようにまばたきをしてから、ふっと表情をゆるめると、

「元気すぎるぐらい。このまえついに家の壁に穴開けられたよ。まいった」

なんて、みじんもまいった色をにじませない調子で軽く愚痴っていた。

三上先生の奥さんが美人なのだと他の先生たちが話題にしていたとき、「いやーでも怒るとめっちゃ怖くて、尻に敷かれっぱなしですよ」なんて早口に言い返していたときの彼と、まったく同じ表情だった。

あたしは黙って立ち上がると、鞄(かばん)を肩にかける。すっと短く息を吸う。

「せんせぇ」

「うん」

「また明日」

おう、と応える声を背中に聞きながら、歩き出そうとしたとき。

「──あ、そうだ初瀬」

思い出したように彼が言葉を続けたので、あたしは足を止めた。

振り向くと、彼は内緒話をするみたいにちょっと声を落として、

「前に約束してた漫画、明日貸すな」

「……漫画？」

「ほら、前に初瀬が読みたいって言ってたけど、俺が友達に貸しちゃってたから貸せなかったやつ。戻ってきたら貸すって約束してたろ。昨日戻ってきたから、明日持ってくる。ごめんな、今日は持ってくんの忘れてた」

ああ、とあたしは相槌(あいづち)を打ったけれど、すぐには思い出せなかった。

そんな約束したっけ、とあわててあたしが記憶を探っているあいだに、彼は右手を顔の横に上げて、

「じゃあ、明日な」

なんの曇りもないやわらかな笑顔で、当たり前のようにそう言った。

思い出したのは、いったん家に帰り、通学鞄の代わりに準備していたボストンバッグを肩にかけてから、ふたたび家を出たあと。

彼の家は、あたしの家とわりと近い。十分も歩けば着いてしまう。だけど空には眩しいぐらいの夕焼けが広がっていて、まだ夜には遠い。

べつに夜にしなければいけないというわけでもないのだけれど、せっかくなら炎が映えるほうがいいと、昨日思った。

だからあたしは時間をつぶすため、彼の家とは反対方向へ足を向け、夕陽に浸された土手沿いの道をあてもなく歩いていた、その途中で。

唐突に、思い出した。

――『夕陽にさよなら』ってタイトルなんだけどさ。

彼があたしにその漫画を教えてくれて、あたしがたしかに、それを読みたいと言った日のことを。

◇

体育の授業が嫌で、お腹が痛いと嘘をつき、保健室に逃げていたときだった。

全授業の中で、体育は群を抜いて苦痛だった。ペアや三人組を組まされる機会が多いのも、試合中どさくさに紛れて足を引っかけられたり、強いボールを投げつけられたり、物理的に痛い思いをすることが多いのも最悪だった。

さいわい、体調不良を訴えれば、保健室へいくことはわりと簡単に許してもらえた。だからしだいに、体育はサボることが増えてきていた、その日。

突然、彼があたしのいる保健室にやってきた。

怪我をしたわけでも、具合が悪いわけでもなさそうだった。戸を開けるなり中を見渡した彼は、奥のソファに座るあたしの姿を見つけると、「お、いたいた」と呟いて、まっすぐにこちらへ歩いてきた。

下駄箱からあたしの靴が消えて、それを彼がいっしょに探してくれたあの日から。彼はちょくちょく、あたしに声をかけてくれるようになっていた。

「初瀬。これ、昨日言ってた漫画」

あたしはてっきり、体育をサボっていることについてなにか言われるのだと思った。だからちょっと緊張して、近づいてくる彼を待っていたのだけれど、彼はそれについてはなにも触れなかった。ただにこりと笑って、右手に持っていた紙袋をあたしへ差し出すと、

「マジで面白いから。ぜひ読んでみて」

あたしはぽかんとして、受け取った紙袋をのぞき込む。そこには、漫画本が三冊入っていた。昨日、たしかに彼と話していた漫画だった。

昨日の昼休み、あたしが中庭のベンチでひとりお弁当を食べていたとき。そのときも、こんなふうに彼が突然やってきた。そうして当たり前のようにあたしの隣に座り、いっしょにお弁当を食べた。あたしに、他愛ない雑談を振りながら。

その中で彼が最近ハマっている漫画について教えてくれて、あたしが興味を示すと、じゃあ今度貸すわ、と言っていた、その漫画。

だけどあんなの、その場のノリで軽く口にしただけだと思っていた。本当に持ってきてくれるなんて、思っていなかった。

あたしはあっけにとられて紙袋の中を眺めながら、

「……学校に、漫画、持ってきていいの」

「や、よくない。だから見つかんないようにな。体育の授業終わる前に、教室戻って隠しとけよ」

いたずらっぽい口調で、彼はまったく教師らしからぬことを言って、また当然のようにあたしの隣に座る。

「せんせ、授業は?」

「今はなんもない。だから暇でさ、俺も次の授業までここにいよっかな。いいな、ここ、涼しくて」

そう言った彼は、本当に、授業時間が終わるまでそこにいた。昨日と同じように、あたしの隣で、ずっと他愛ない話をしていた。

どうしてサボっているのかとか、そんなことは一回も訊いてこなかった。ただ最近観た面白かった映画の話とか、今ハマっている漫画の話とかを、楽しそうにずっと喋っていた。

「漫画はいいぞ。なんていうか、世界が広がる。初瀬ももっと漫画読めよ」

「ふつう先生って、小説とか本読めって勧めない？」

「あー、俺、小説だめなんだよな。すぐ眠くなる。文字ばっかで目チカチカするし。漫画のほうがいいよ、絵もあって楽しいし」

「ほんと、せんせぇって先生らしからぬこと言うよね」

その中で、『夕陽にさよなら』という漫画がとくによかった、と彼が言って、あたしは、それも読みたい、と言った。彼はうれしそうに、じゃあそれも貸す、と返したあとで、

「あ、でも今、友達に貸しちゃってるな。戻ってきたら貸すよ。ちょっと待っててな」

「そうなんだ、わかった」

「似たような漫画でもういっこオススメのやつあるから、明日はそっち持ってくる」

「え、ありがと」

漫画を貸してもらえることより、今度とか明日とか、彼が当然のように次の機会を作ってくれることが、あたしはうれしかった。それが欲しくて、あたしは彼が面白かったと話す漫画を、ぜんぶ「読みたい」と言った。律儀（りちぎ）な彼は、「じゃあそれも貸す」と言ってくれて、そして本当に、後日持ってきてくれた。


「これ、読んだ。面白かった。ラスト、熱かった」

「お、だろ！　熱いよなー。あれはやられる」

「黒幕も意外だったし。あたしてっきり、父親のほうだと思った」

「あー、たしかに。俺もあれは予想つかなかったな。びびったわ」

借りた漫画を返すときに、そんなふうに感想を語り合って、そしてまた、新たな漫画を借りる。そんなやり取りが、ずっと続いた。彼は本当に漫画が好きなようで、いくら借りてもつきず、次から次にオススメの漫画を持ってきてくれた。

彼が貸してくれる漫画は、たしかに面白いものも、正直あまりよくわからなかったものもあったけれど、彼としっかり感想を語り合えるように、ぜんぶ三回以上は読み込んだ。そうしてあたしなりの解釈だとか考察を頭の中でまとめてから、彼に返しにいった。

「初瀬おまえ、実はめっちゃ頭良いんじゃないか？　そんな考え方、はじめて聞いたよ」

深く考えれば考えるほど彼が感心してくれるのがうれしくて頑張っていたら、ある日、彼にそんなことを言われた。

クラスで孤立してからのあたしは勉強なんて手につかなくなっていて、その頃の成績なんてひどいものだった。今まではそれをたいして憂いたこともなかったけれど、彼にそう言われた途端、あたしは恥ずかしくなった。こんな成績を彼に見られたくないと思った。

それで、勉強も頑張るようになった。我ながら単純だった。

頑張りはじめたことに、真っ先に気づいてくれたのも彼だった。

「最近、初瀬ぐんぐん成績上がってるな。頑張ってるんだな、いいぞ」

彼のそんな言葉だけで、あたしはますます火がついた。勉強に割く時間が増え、漫画を読める時間が減ると、なにも言わずとも彼は察したように、漫画を貸してくれる頻度を減らした。

だけど、あたしとの関わりは減らさないでいてくれた。漫画の感想を語り合う代わりに、勉強を見てくれたり、定期テストの結果を褒めてくれたり、そんな時間が増えた。

◇

——だから、忘れていた。もう三ヵ月も前に、何気ない会話の中で軽く交わした約束なんて。

あたしはとっくに、忘れていた、のに。


気づけば、あたしは足を止めていた。

肩にかけたボストンバッグが、急にぐんと重さを増した気がした。

顔を上げると、川を照らしながら、夕陽がその向こうに沈もうとしていた。眩しさがしだいににじんで、夜の色が混じりはじめる。

それを待っていたはずなのに、なぜか、夜が近づくその色を見た途端、焦りが湧いた。

——じゃあ、明日な。

一時間ほど前に聞いた彼の声が、耳の奥によみがえる。同時に、漫画の話をしていたときの彼の楽しそうな笑顔や声も、いっきに流れ込んできた。

——明日貸すな。

あたしは忘れていた、三ヵ月も前の約束。あたしが読みたいと言っていた、その漫画。

彼は、覚えていてくれた。

そのことに、うれしいのか苦しいのかよくわからない感情が胸を突いて、ただ、瞼（まぶた）の裏が熱く痛む。

受け取りたい、と思った。彼からその漫画を借りて、読んで、また感想を語り合いたい。

そんな時間を積み重ねたところでなんの意味もないと、あたしは気づいたはずなのに。

それでも、あたしはそれが狂おしいほど好きなのも、どうしようもなく、本当だった。彼が楽しそうに笑って、あたしに自分の好きなものの話をしてくれる、その時間が。

ボストンバッグの肩紐（ひも）がずるりとすべって、鈍い音を立てて地面に落ちた。

準備なら、できている。新聞紙も段ボールも、ペットボトルに詰めた灯油もマッチも、ぜんぶここに入っている。これを持って、あとはあの家へ向かうだけ。どうしたって手に入らないあたしの欲しいものを、手に入れるために。覚悟も決めた。迷いなんてない、はずだったのに。

急に迷子になってしまったような気分で、あたしは立ちつくしていた。足が動かない。あの家へ行きたいのに。

「……どうしよ」

途方に暮れた呟きが、ぽつんとこぼれたときだった。

ふいに、ポケットの中でスマホが震え出した。

どくん、と心臓が跳ねる。なぜかその瞬間、彼の顔が浮かんで。

急いでスマホを引っ張り出し、画面を見る。そこに表示されていた《お母さん》の文字にいっきに脱力すると同時に、そういえば彼はあたしの番号なんて知らないことを、おくれて思い出した。

なんだか力が抜けてその場に座り込みながら、あたしは電話に出ると、

「なに、お母さん」

『あっ、ちょっとあんた、今どこにいるの？』

聞こえてきたのは、思いがけず緊迫感を含んだ鋭い声だった。その声に、脱力した身体にはっと緊張が戻る。

まさか、今からあたしがしようとしていることがバレたのか。

咄嗟にそんな考えがよぎって、スマホを握る手に力を込めたとき、

『大変なの。先生の家が火事だって！』

「……え」

『ほら、あんたが仲良い、あの先生。県道沿いの白い家だって、前にあんたが教えてくれてたでしょ。あの家が、火事なんだって、今！』

興奮気味にまくし立てる母の声の向こうから、かすかに消防車のサイレンが聞こえてきた。

呆然としたまま電話を切ると、サイレンの音はこの場にも聞こえることに気づいた。音のする方向へ目をやる。ここからでは彼の家は見えない。けれど夕焼けを押しのけ夜の気配が濃くなっている空に、黒い煙が立ちのぼっているのが見える。そしてその方向は――彼の家がある、場所だ。

混乱がいっきに押し寄せてきて、視界が歪む。

彼の家が火事？

わけがわからなかった。だって、

――あたしは、〝まだ〟燃やしていない。

だけど県道沿いの白い家、それはたしかに彼の家だ。あたしたちの家がわりと近い

ことがわかり、いっしょに帰ることになった日、彼が教えてくれた。それがうれしくて、あたしは意味もなく母にも教えていた。

気づけば、あたしは勢いよく立ち上がって地面を蹴っていた。

胸を埋めているのは、混乱と困惑と、息が詰まりそうなほどの焦燥だった。

行ってどうするのかなんてわからなかった。あたしがなにをしたいのかも。ただ、足は止まらなかった。

◇

その日、下駄箱から消えたあたしの靴は、どんなに探しても見つからなかった。

前に消えたときはゴミ捨て場に捨てられていたのを彼が見つけてくれたけれど、さすがに同じ場所に捨てるような芸のない真似はしないらしい。

しだいに空が暗くなり、グラウンドから聞こえていた野球部の声もやんだ頃、あたしは、「もういいよ」と彼に言った。

「あの靴ボロかったし。どうせそろそろ捨てようと思ってたから。ちょうどよかったよ、なくなって」

ワイシャツが黒く汚れるのもかまわず焼却炉の中を漁っていた彼は、あたしの言葉に手を止め、こちらを振り向いた。一瞬だけなにか言いたげな顔をしたけれど、あたしが笑顔を作れば、合わせるように苦笑して、「そうか」と頷いた。

「暗くなっちゃったなあ」

汚れた手をはたきながら呟いた彼は、当然のように、あたしを送っていくと告げた。あたしはぎょっとして全力で遠慮したけれど、もう暗いんだからひとりは危ない、と彼も譲らなかった。

「いちおう先生だからさ。この時間にひとりで帰すわけにいかないんだよ。おとなしく送られてくれ」

「なにそれ」

「初瀬の家ってどのへん？」

あたしが地名を告げると、彼はびっくりした顔で、「いっしょ」と言った。

「意外と家近かったんだなあ、俺ら」

「……ふうん」

どんな反応をすればいいのかわからなくて、あたしは曖昧な相槌だけ打って歩き出した。暗くてよかった、とそのとき思った。口もとがゆるむのを、抑えきれずにいたから。

「ほら、あれ。俺の家」

しばらく歩いたところで、ふいに彼が田んぼの向こうに見える一軒の家を指さして言った。

「あの二階建ての?」

「そうそう」

教えちゃうんだ。あたしはちょっと驚きながら、ふうん、とだけ返す。誰か他の子にも教えたことあるのかな、なんて、愚にもつかないことを頭の隅でちらっと考えた。

彼は当然のようにその家を通り過ぎて、あたしの家の方向へ足を進めた。

サイズの合っていないサンダルが、歩くたび、あたしの足もとでカポカポ間抜けな音を立てる。彼がいつも校内で履いている、黒い革のサンダル。上靴で帰るからいい、と遠慮するあたしを押し切り、さっき彼が貸してくれた。

「あ、そうだ初瀬」

「うん?」

「ジュースを買ってやろう」

「へ?」

自動販売機の前を通りかかったときだった。ふと思い立ったように彼が言って、ポケットから小銭を出すと、あたしの返事も聞かずに自販機に入れた。

「ほら」と笑顔で促され、あたしはちょっと戸惑いながらオレンジジュースのボタンを押す。がこん、と音を立ててペットボトルが落ちてきた。

あたしがお礼を言ってそれを受け取ると、彼は少しだけ言いにくそうに、

「代わりと言っちゃなんだけどさ」

「え、なに」

「一本、吸ってもいいでしょうか」

彼がタバコを吸う人だということを、あたしはそこではじめて知った。

あたしが頷くと、彼はうれしそうに鞄からタバコの箱とライターを取り出した。一本抜き取り、くわえた先端に火をつける。

タバコを挟むその指は長く骨ばっていて、同級生のものともお父さんのものともぜんぜん違った。あたしが思わずそれをじっと見つめていたら、彼は薄く開いた唇から、ゆっくりと煙を吐いた。細長い煙が、暗い空に立ちのぼる。

「……せんせぇ、タバコよく吸うの？」

「わりと。量は少ないけど。今、なかなか吸える場所ないし」

「家では？」

「吸えない吸えない。子どももいるし、嫁さんにめっちゃ怒られるから」

「……ふうん」

タバコを吸う彼の横顔は、いつもより表情が薄かった。どこか遠くを見るような目で、ぼうっと暗い通りを眺めている。それは学校で見る先生じみた表情よりも、ずっと彼の素に近い感じがして、なんだか少し、空気が喉を通りにくくなる。

妙な渇きを覚えて、あたしが買ってもらったジュースに口をつけると、

「あ、ごめん」

急に彼が謝ってきて、きょとんとした。

「なにが？」

「や、ふつうに吸ってたから」

どうやらタバコの煙のことを気にしたらしい。彼があわてたようにあたしに背を向け、距離をとるように歩き出そうとしたので、

「いーよ、べつに」

「え」

「あたし、タバコの煙、嫌じゃないし。……いくらでも、吸っていいよ」

彼は足を止めると、短くまばたきをしてから、携帯灰皿に灰を落とした。少しだけ考えるような間を置いたあとで、「じゃあ」とどこか子どもっぽい口調で口を開く。

「お言葉に甘えて、ここでいいですか」

「はい、どーぞ」

彼はお礼を言うと、こちらを向いたまま、ふたたびタバコをくわえた。その先端にぼうっと灯る、赤い光を見た瞬間だった。

それは、爆発するようにあたしを襲った。

いっきに膨らみ、胸を満たしたその感情に、つかの間、息ができなくなる。視界が揺れる。

――妬ましい、と思った。

目眩がするほどの強烈さで。

彼に家庭があることは、もちろん知っていた。写真だって見せてもらったことがある。デスクの引き出しに入れておいてときどきこっそり眺めていたらしい家族写真を、照れながら、だけどどこか自慢げに、一度だけ、彼はあたしに見せてくれた。優しく笑う彼と、その隣で微笑むきれいな女の人と、彼女の腕に抱かれた、小さなかわいい子ども。

ああ、あの人は。あの人は。

彼のこんな表情を、毎日見ているのかな。

あの手に触れて、あの手に、触れられてるのかな。

想像したら、指先から引きちぎられるような痛みが広がった。

すぐに胸まで届いたそれに、息が詰まる。叫びたくなった。嫌だ、と。駄々をこねる子どもみたいに。大声で、泣きたくなった。

あたしがどんなに手を伸ばしても、ぜったいに届かないもの。あたしが、死ぬほど欲しくて欲しくてたまらないもの。

それをすでに手にして、独占している人間がこの世にいるのだと、そんなことを今更強く自覚して、そして今更、それが耐えがたいことなのだと気づいた。

タバコを離した唇から、彼はゆっくりと白い煙を吐き出す。表情の消えた目で、暗い空を見上げながら。

そのひどく無防備な横顔に、あたしの心臓はわけがわからないぐらいかき乱される。ドキドキするというより、ただただ痛くて、苦しい。泣きたい。欲しい。

欲しい。

そのときあたしの胸を満たしていたのは、もうそれだけだった。全身の細胞が、脈打つように喚(わめ)いていた。

――あたしは、この人が、欲しい。

欲しいんだ。死ぬほど。

そもそも、彼がいなかったら。あたしはたぶん、今も真面目にこんな学校に通ってなんかいなかった。とっくに不登校か、保健室登校にでもなっていた。

周りは敵ばっかりの、苦痛しか生まないようなこの場所に、いつまでも通い続ける理由なんてひとつもなかった。勉強だって好きではなかったし。

だけど彼と出会って、あたしは学校に通い続けざるを得なくなった。どうしたって、休むわけにはいかなくなった。

べつに、彼から学校にくるよう言われたことは一度もない。むしろ彼は、つらかったら休んでもいい、とずっと言ってくれていた。授業に遅れた分は、あとで俺がちゃんと教えるから、って。

そんなふうに、彼が言ってくれるから。あたしは、ますます休めなくなった。多少体調が悪くても無理をしてしまうぐらいに。学校に行きたい、と。信じられないようなことを、思うようになってしまった。

だって彼は先生で、あたしは生徒だから。

学校に行かなければ、あたしは彼に会えないから。

勉強も、真面目に頑張るようになった。上がった成績を彼に見せる、ただそれだけのために。

勉強なんておそろしくつまらないものだと思っていたけれど、勉強時間を増やせば増やすだけ、きっちり比例して成績が伸びていくのは手ごたえがあって、少し面白いと感じた。なにより、テストで良い点数をとったときに全力で喜んでくれる彼の笑顔と、初瀬はすごいな、という誇らしげな声は、麻薬みたいな中毒性があって、あたしはますますのめり込んでいった。

そんなふうに勉強に熱を上げているうちに、気づけばクラスで孤立していることも気にならなくなっていた。むしろ友達なんていないほうが好きなだけ勉強に集中できていいのではないか、なんてことを、強がりでもなく思うようになった。

靴を捨てられたりだとかの嫌がらせだけはうっとうしかったけれど、あたしがたいして反応せずにいたら、するほうも飽きたのか、しだいに減っていった。

「三上先生、いいよねー」

「あー、わかる。なにげにイケメンだよね」

「わたしこのまえ、昼休み職員室行って、授業でわかんなかったところ教えてもらっちゃった」

「えー、ふたりだけで？　めっちゃいいじゃん」

「でしょー」

後ろの席で、ふたりの女子が彼のことを話している。以前はイライラして耳を塞ぎたくなっていたそんな会話に、今は仄暗い優越感が湧く。たったそれだけの出来事で喜んでいる彼女たちに、自慢してやりたくなる。

内緒だぞ、と言って、彼がいつもあたしに漫画を貸してくれること。

昼休みはあたしといっしょにお弁当を食べてくれること。

このまえの定期テストの数学で、ついに学年トップをとったあたしに、初瀬は俺の自慢の生徒だと、彼が心底うれしそうに笑ってくれたこと。

きっとこの学校で、あたし以外に、彼にそんなことをしてもらっている生徒はいない。

自負はあった。今この学校にいる生徒の中で、彼といちばん仲の良い生徒はあたしだと。きっと自惚れではないと思えるぐらいには、あたしは彼との時間を積み重ねてきた。

——それで、どうしようもなく満足していたはずなのに。他にはなにもいらないと、あのときはたしかに、そう思っていたのに。

どうして、どんどん贅沢になってしまうのだろう。どうして、欲望には際限がないのだろう。

あの日、はじめて、学校の外にいる彼に、会ったとき。

あたしは急に、気づいてしまった。

今、あたしが、なによりかけがえのないものだと感じている彼とのつながりなんて、彼にとってはぜんぜん、たいしたものではないのだと。

彼にはあたしよりずっと、大切な人がいる。愛している人がいる。

この学校にいる、大勢の中の〝いちばん〟にはなれているのかもしれない。だけど〝唯一〟ではない。〝唯一〟には決してなれない。あたしがこの学校を卒業したらそれで、あっけなく彼との関係は終わる。そしてまた、彼にはべつの〝いちばん〟ができるのだ。真面目で勉強がよくできる、とくに彼の担当教科である数学が得意な生徒なら。きっと誰でも、彼の〝自慢の生徒〟になれる。

そうだ、べつに、あたしだけではない。あたしはなにも、彼にとっての特別な存在なんかじゃない。特別な存在になんて、なれない。

だって彼は、あたし自身なんて見ていない。一度も。見てくれたことなんて、ない。

そもそも彼が最初にあたしに興味を持ってくれたきっかけだって、あたしがカワイソウないじめられっ子だったからだ。彼が先生だから、カワイソウな生徒を放っておけなかっただけ。先生だから、真面目な優等生が好きなだけ。先生だから、誰よりも勉強を頑張っているあたしを、褒めてくれるだけ。先生だから。先生、だから。

――ああ、だったらもういっそ燃やしてしまいたい、と。

そんなふうに思ったのは、彼のいちばん近くにいる邪魔な存在を消したいだとか、消してしまえば空いたその席にあたしが座れるはずだとか、そんなおめでたいことを思ったからではなくて。

あたしはどうしようもなく、抜け出したくなったのだ。

カワイソウないじめられっ子からも。真面目な優等生からも。彼の、自慢の生徒からも。

この場所でどんなに頑張っても、これ以上、彼の特別になれないのなら。決して、彼に愛されることが、ないのなら。

いっそ、憎まれてしまえば。世界でいちばん、彼にとっての憎い存在になれれば。

永遠に、彼の心に棲みつくことができるのではないか、なんて。

彼の口もとで灯る赤い火を見た瞬間に、あたしの胸にもそんな薄暗い願望が灯った。

瞬く間に激しさを増したその炎は、そのままあたしを呑み込んで、消えなかった。

◇

黒い煙。焦げ臭さ。ざわつく足音と声。

彼の家が近づくにつれ、それらは容赦なく大きくなっていく。

通りを曲がると、すぐに目に飛び込んできた。母の勘違いなんかじゃ、なかった。燃えていたのは、まぎれもなく、あの日彼が教えてくれた家だった。

まだ炎に包まれているというほどではない。ただ一階の窓から、空を覆うほどの煙が上がり、その奥にはたしかに炎が見える。暗い空に、一部が赤く染まった黒い煙が、激しい勢いで上っていく。

息を吸おうとしたら、うまくいかずに咳き込んだ。ぜえぜえと喘ぎながら、あたしは人ごみをかき分け、その家に近づく。消防車は到着しているが、まだ今着いたばかりなのか、消火活動は始まっていない。消防士の人たちがホースを伸ばしたりと忙しなく動き回っている。

辺りを見渡す。彼の姿は見えない。時間的に、彼は間違いなくまだ帰宅していなかったはずだ。だからこの火事に巻き込まれているとは考え難かったけれど、それでも胸がざわついて、気持ち悪かった。一目その姿を見ておきたくて、必死に目をこらし、人ごみの中に彼の姿を探していたときだった。

「――健！　健は!?」

女性の甲高い声は、耳をつんざくように飛び込んできた。

声のしたほうへ目をやると、見覚えのあるひとりの女性がいた。すぐに気づく。彼が見せてくれた、そして昨日あたしが盗んで燃やした、あの写真に写っていた人。彼の、奥さん。

——健っていうんだ。名前。健康の健で、たける。

彼女は取り乱した様子で、横で事情を聴いていたらしい警察官に訊ねている。自分の斜め後ろあたりを指さし、「ここに！」と声を震わせる。

「子どもがいたでしょう！　さっきまで！」

あたしは咄嗟に辺りに視線を走らせた。小さな子どもの姿はない。たしかに、今ここにいなければならないはずなのに。子どもが、どこにもいない。

「戻ったのかも……！」

悲鳴のようなその声は、ぞっとするほどの鋭さで、あたしの鼓膜を震わせた。

「あの子、逃げるときおもちゃを持っていきたがってたの！　それをわたしが無理やり連れ出したから！　取りに戻ったんじゃ！」

「や、でも子どもが玄関から入ろうとしてたらさすがに気づきますよ」

あわててなだめるように警官が言う。たしかに玄関の前には消防士も野次馬もたくさんいて、子どもが家に戻ろうとしていたなら誰かが止めたはずだ。だけど女性はまったく表情を変えず、「裏口！」と撥ねつけるように続けた。

「向こうに裏口があるの！　あの子、よくそっちから出入りしてたから、たぶんそっちから——」

女性の悲痛な声と重なるよう、家のほうからなにかが崩れ落ちる音がした。火の爆ぜるような音も、大きくなる。

直後、弾かれたように、女性が駆け出そうとした。危ない、と叫んだ警官があわてたように彼女を止める。


——健康に育ってくれれば、それでいいと思ってさ。奥さんとふたりで、つけたんだ。


それを見た瞬間、あたしは駆け出していた。

なにかを思う間なんてなかった。人ごみのあいだを抜け、燃える家のほうへ一直線に走る。窓からものすごい煙は出ているが、燃えているのは家の奥のほうらしく、玄関付近に火の手はない。

後ろで、おい、とか、待て、とか叫ぶ声が聞こえたけれど、聞かなかった。開けっ放しになっていた玄関から、中に飛び込む。

途端、外よりずっと濃い煙と焦げ臭さが鼻を覆った。咄嗟に手のひらで口もとを覆い、家の奥へ視線を飛ばす。

　廊下の突き当たりにあるドアの向こうに、かたまりのような炎が見えた。カーテンに火が移り、燃えている。けれど恐怖を覚えている暇はなかった。迷う間もなくそちらへ向かおうと足を進めかけたとき。

　視界の端で、なにかが動いた。

　顔を横へ向けると、そこにも狭い部屋があった。中には、ひとりの男の子がいる。部屋の隅にあるバスケットの前に屈んで、なにかを取り出している。

　いた。いた！

　あたしは無我夢中でその子のもとへ駆け寄ると、後ろから抱え上げた。あっ、と男の子が声を上げ、持っていた電車のおもちゃを取り落とす。

　ああもう。短く叫んでそれを拾ってから、あたしはそのまま男の子を肩にかつぎ、部屋を飛び出す。

　この数秒の間に、充満する煙と熱気が明らかに増えていた。

　目が痛い。視界がにじむ。男の子を抱える際にうっかり煙を吸ってしまったせいで、喉も痛い。それでも足を止めている余裕はなかったから、咳き込みながらほとんど見えない視界の中を進み、どうにか外へ出た、直後だった。

すぐ後ろで、ふたたび、なにかが爆ぜるような音がした。振り向くと、さっきまではまだ無事だった玄関付近に、一瞬で炎が回っていた。

「健！」

思わず膝から力が抜け、地面にへたり込んでしまったとき、女の人の悲鳴のような叫び声がした。顔を上げると、さっきの女性が、泣きそうな顔でこちらへ駆け寄ってくるのが見えた。

ママ、とあたしの腕の中で男の子が声を上げる。いつの間にかきつく抱きしめていたその子を放すと、男の子は弾かれたように駆け出し、女性の胸に飛び込んだ。

健、健、よかった、と嗚咽混じりの声を漏らしながら、男の子を抱きしめる女性の姿をぼうっと眺めていたとき、

「——初瀬！」

ふいに、すぐ近くで彼の声がした。振り向こうとしたら、なにかがどんと身体にぶつかって、視界が暗くなった。

なにが起こったのか、一瞬わからなかった。後頭部に回った手に、ぐっと顔が押しつけられる。頬に布の感触が触れ、かすかに、タバコの匂いがした。

「初瀬」耳もとで彼の声がして、ようやく、抱きしめられているのだと気づいた。

「よかった、初瀬、よかった」

少し震えるその声は、はじめて聞くような、ひどく頼りない響きがした。声と同じぐらい震える彼の腕に、力がこもる。

顔を埋めたワイシャツからは、タバコの匂いに混じって、少しだけ汗の匂いもした。耳もとで鳴っている心臓の音は、あたしのものなのか彼のものなのかわからなかった。

ありがとう、と彼が呟く。それ以外の言葉が出てこないみたいに、何度も。

震えるその声と腕と、あたしよりずっと高い彼の体温に、息が詰まる。瞼の裏で熱が弾ける。違う、と言いたかったけれど、口を開こうとしたら喉が引きつって、声ではなく嗚咽が漏れた。繰り返される「ありがとう」に胸の中がぐちゃぐちゃになって、わけがわからなくなる。違う。違う、あたしは。

消えてほしかったの。消そうとしていたの。あの人も、あの子も。

助けたくなんか、なかったはずなのに。

叫びたい言葉は、嗚咽に邪魔されて喉を通らず、代わりに、涙腺が壊れたみたいに涙があふれた。彼の腕の中で、身動きひとつとれずに。途方に暮れた子どもみたいに、ただずっと、あたしは泣き続けていた。

翌日と翌々日、彼は学校を休んだ。

次に彼と顔を合わせたのは、火事の三日後だった。

彼のいない二日間で、火事の話は校内をくまなく駆け巡っていた。その中で、火災の原因は電気コードからの発火だったらしいという話も、ちらっと聞いた。彼のタバコが原因ではなかったことに、あたしはなぜか、ひどくほっとしていた。

あのあと、健くんを助けたことで、あたしも軽く聞き取りを受けた。その件も校内に広まっていたらしく、なんだか少し、周囲のあたしに対する態度も軟化したような気がした。

二日ぶりに登校してきた彼は、たくさんの心配する生徒たちに囲まれていた。「先生大丈夫?」「元気出してね」だとか気遣う生徒たちに、気丈に、だけどさすがに少し疲れのにじむ笑顔で応えているのを、あたしは遠目に見ていた。

対応に追われて忙しそうだった彼とようやく話す機会が訪れたのは、放課後。

「初瀬」

下駄箱で靴に履き替えようとしていたところで、ふいに声をかけられた。

振り向くと、彼が少し息を切らして立っていた。走ってきたのか、「よかった、間に合って」と小さく笑う。その笑顔が優しくて、あたしは咄嗟に逃げたくなったけれど、さすがにそんなことはできなくて、

「ちょっといいか、初瀬」

うつむいて、肩にかけた鞄の紐をぎゅっと握りしめながら、小さく頷くので精いっぱいだった。

彼が向かったのは、いつもあたしたちが放課後に話している職員室ではなく、北校舎の隅にある空き教室だった。

「初瀬、これ」

夕陽の色に染まるその教室に入るなり、彼は右手に持っていた紙袋をこちらへ差し出してきた。クリーム色に、英字と花のイラストが描かれた、おしゃれな紙袋。

「うちの奥さんから、初瀬にって。このまえのお礼」

戸惑いながら受け取ると、中には花柄の包装紙に包まれた箱と、淡い水色の封筒が入っていた。

「近所のお菓子屋さんのやつだけどさ。前に初瀬、フィナンシェが好きって言ってたから、それ教えたら、ここのやつがいちばんおいしいんだって」

封筒を拾ってみると、表にはきれいな文字で、《初瀬さまへ》と書かれていた。

どくどく、と耳もとで鼓動が鳴るのを感じながら、あたしはそっと封筒を開ける。

入っていたのは、丁寧な文字と言葉で綴（つづ）られた、あたしへの手紙だった。

息子を助けてくれたことに対する感謝の言葉。それから、あたしが煙を吸っていたからか、あたしの体調を案じる言葉。二枚にわたるその手紙の中には、何度も何度も、《ありがとう》と繰り返されていた。

息が詰まる。指先が震える。

瞼の裏がぼんやりと熱くなったと思ったら、まばたきをした拍子に、涙が落ちた。あわてて拭（ぬぐ）おうとしたけれど、ぜんぜん間に合わなかった。次から次にあふれる涙が、手紙に落ちる。文字がにじむ。喉が引きつって、嗚咽まで漏れてきた。違う、と心の中で叫ぶ。あたしは、違う。違うのに。

「初瀬」

突然泣き出したあたしに、彼が困ったように手を伸ばしてきた。肩に触れそうになったその手を、あたしは咄嗟に身体を引いて避ける。触れちゃいけないと思った。あたしは、この人に、もう二度と。だって、あたしは。

「違う、から」

「なにが？」

嗚咽の合間、なんとか絞り出した言葉を、彼が訊き返してくる。その声も優しくて、あたしはよけいに胸がぐちゃぐちゃになって、もうだめだった。「だって」手紙をつかむ指先に力がこもり、くしゃりと歪む。

「ほんとは、助けたく、なかった」

「……子どもを？」

「子どもも、奥さんも。せんせぇの大事な人、みんな、消えちゃえばいいって」

一瞬息を止めたように、彼が黙った。

あたしはそんな彼の顔を見る勇気がなくてうつむいたまま、「だから」と上擦る声を喉から押し出す。

「感謝なんて、される資格ないの、あたし。これも、もらえない」

「や、感謝はするよ」

だけどあたしが紙袋を返そうとしたら、彼ははっきりとした力で押し返しながら、

「初瀬が助けてくれたのは事実だし」

「助けたくなんてなかったの。消えて欲しかったもん。なんで助けたのか、わかんない。だって、あたしは、むしろ」

「でも、助けてくれた」

喘ぐように吐き出すあたしの言葉を、そっと彼がさえぎる。ひどく穏やかで、落ち着いた声だった。

「本当は助けたくなかったんだとしても、初瀬はあのとき、助けてくれた。それがぜんぶだろ」

あたしはただ、ぶんぶんと首を横に振った。違う、と彼の言葉を撥ねつける。違う。彼は知らない。あたしがあの日、ボストンバッグに灯油と新聞紙を詰めて、彼の家に向かおうとしていたこと。

それで彼がどれだけ悲しむのかだとか、そんなことはどうでもいいと思っていた。むしろ悲しませたかった。思いきり悲しませて、苦しませて、一生消えない傷を作ればきっと、それはそのまま、あたしという存在が彼の心に刻まれることになるから。

あたしはただ、それが欲しかったんだ。あたしの死ぬほど欲しいものが、どうしたって手に入らないのなら、せめて。彼が一生、忘れられない存在になりたかった。

好きだった。どうしようもないぐらい。

彼の特別になりたかった。唯一になりたかった。ただそれだけだった。あたしの考えていたことなんて、ずっと、そんな自分の欲望ばっかりで、本当は。本当のあたしは、

「せんせぇが思ってるような、生徒じゃ、なくて」

「え?」

「ぜんぜん、本当は、真面目な優等生とかじゃなくて。勉強頑張ってたのも、ぜんぶ、せんせぇに褒められたかっただけで。えらいとか、すごいとか、せんせぇから、そんなふうに言われたかっただけ、なのに」

なのに。それだけ、だったのに。

どうしてだろう。

「それだけじゃ、足りなくなって。いくら勉強頑張って優等生ぶって、せんせぇに褒められても、だんだん、虚しくなってきて」

真面目な優等生でも、カワイソウないじめられっ子でもない、あたし自身を見て欲しい、なんて。バカみたいなことを、本気で願うようになってしまった。

だけどそんなの叶うはずもなくて、なのにどうしても叶えたくて、あんなバカなことを考えた。どうしようもない。本当にバカだ。こんなあたしが、彼の特別になんて、なれるわけがなかったのに。あたしなんかに、こんなきれいな手紙を綴ってくれるこの人を押しのけたところで。こんな、あたしなんかが、彼に見てもらえることなんて――

「え、待った」

うつむいて唇を噛みしめたあたしの頭に、彼の声が降ってくる。なぜか面食らったような、ちょっと間の抜けた調子のその声に、思わず顔を上げると、

「誰が真面目な優等生だって？」

「え？　……だから、あたしが」

きょとんとした様子で訊き返され、あたしもきょとんとして返す。なにを訊いてい

るのだろう。質問の意図がわからず彼の顔を見つめていると、彼もしばしあたしの顔を無言で見つめたあとで、

「はあ？　いや、どこが。おまえ、自分のことそんなふうに思ってたのか」

そう言っていきなり笑い出したので、「は、なに」とあたしはさすがに眉を寄せた。

「真面目な優等生でしょ。学年トップだよ、あたし」

「いや、たしかに勉強はできるようになったけど。真面目な優等生ではないだろ。初瀬にそれは似合わなすぎる。ちょっとびっくりしたわ。自己評価ってアテにならないな」

「意味わかんないし。あたしが真面目な優等生じゃないなら、なんなの」

「初瀬は、初瀬だろ」

顔はまだ笑っていたけれど、そう言った彼の声ははっとするほど真剣で、あたしは一瞬息を止めた。

「ずっと、そうとしか思ってないよ。俺は」

あたしが言葉に詰まったあいだに、彼はまっすぐにあたしの顔を見据えたまま、続ける。

「初瀬のこと、真面目な優等生だとか思ったことない。むしろだいぶぶっ飛んでるよな。思い立ったらすぐ行動するし、なにするにも二の足踏まないっていうか。すげぇ

なって思ってたよ、いつも。そりゃ、もうちょい慎重になったほうがいいときもあるかもしんないけど、でもそういう初瀬だったから、あのとき、健のこと助けられたんだと思うし」

「……そのせいで、失敗も、よくするけど」

――あんたがよけいなことをしたせいで。

――あいつ、よけいなお世話ばっかりしてさ。

ふいに耳の奥によみがえってきた冷たい声に、思わず力ない声をこぼしたあたしに、

「でも初瀬がそういう初瀬でいてくれて、本当によかったって思ってるよ、俺は」

その言葉は胸の奥にまっすぐに落ちて、じわりとした熱を広げた。すぐにその熱は目もとまで届いて、収まりかけた涙がまたせり上がってくる。肩が震える。下を向くと、夕陽の色をした床に、ぼろぼろと雫が落ちた。

「なあ、初瀬」

そんなあたしにハンカチを差し出しながら、彼がゆっくりと言葉を継ぐ。

「俺さ、一時期、この仕事辞めようかと思ってた頃があって」

「……え？」

耳を打った唐突な言葉に、あたしはハンカチに伸ばしかけた手を止め、顔を上げた。目が合うと、彼はちょっとだけ恥ずかしそうに表情を崩して、

「俺には向いてないんじゃないかって、前は本当に思い詰めてた。退職の仕方とかも調べてさ」

「なんで？　せんせぇ、良いせんせぇじゃん」

思わず口をついたのは、心からの本心だった。今日、たくさんの生徒が心配して彼を囲んでいたように、彼は生徒から好かれる先生だった。優しいとか面白いとか授業がわかりやすいとか、彼に対しての良い評価ならたくさんあった。あたしはいつもイライラしながら、だけどちょっと誇らしくも思いながら、彼のそんな評価を聞いていた。

もちろん、あたしだって。

「せんせぇがいたから、今も学校、通えてるんだよ。せんせぇがいなかったら、あたしたぶん、とっくに不登校になってる」

「うん、知ってる」

思わずまくし立てたあたしに、彼は穏やかに微笑んで頷くと、

「だから俺も、今も辞めずに済んでるんだよ。初瀬がいたから」

「……どういう意味？」

「あの日、下駄箱で真っ青な顔してる初瀬見つけたとき、ああまだ辞められないなって思った。この子をどうにかするまではって。でもそうやって初瀬と関わっていくう

ちに、初瀬が俺を見てほっとした顔してくれたり、うれしそうに笑ってくれたり、そういうのに救われてた。俺を必要としてくれる子がいて、俺も誰かの力になれてるんだって、そう思えたことに。初瀬の成績が伸びていくことも、自分のことみたいにうれしかった。勉強苦手だって言ってたのに、頑張って、学年トップにまでなった初瀬見てたら、俺も頑張らないとなって思った。思い入れがありすぎたせいで、ちょっと他の先生から、あの子だけ特別扱いしすぎじゃないですか、とか注意されたこともあったけど」

彼はちょっと困ったように笑ったけれど、あたしは笑えなかった。凍ったように表情が動かなかった。身動きひとつできずに、ただその場に立ちつくしていた。

……なんだ、それ。

途方に暮れた気分で顔を伏せると、また、瞼の裏が焼けるように熱くなった。

なんだそれ。心の中で繰り返す。

そうして思い出した。あの日。燃える家に飛び込む直前。

——健！

彼の奥さんが叫んだ、その名前を聞いたとき。彼の顔が、声が、頭に弾けたことを。

——健っていうんだ。

あたしにそう教えてくれたときの、彼の幸せそうな笑顔を。死んでも守りたいって、あの一瞬、あたしの頭にあったのはそれだけだった。あたしの幸せのために、一度は奪ってしまおうとした、その笑顔を。あたしはあのとき、守りたくて必死だった。あたしなんてどうなってもいいから、彼のあの笑顔を曇らせたくないと、それだけ、夢中で願った。

そしてあたしは今、そうしたことをみじんも後悔していない。

そう自覚した瞬間、苦しさと温かさが同時に押し寄せてきて、胸が詰まった。

「……せんせぇにとって、あたし、特別だったの?」

「そうだよ。贔屓(ひいき)だって言われるから、内緒な」

――ああ。

これだけでいい、と痛烈に思った。

真面目な優等生でも、カワイソウないじめられっ子でも、なかった。彼の中にいたあたしは、ずっと。

それでいい。それだけで、いい。

これ以上、あたしは彼に、なにも望みたくない。彼からは、なにも欲しくない。

そう思えたことがうれしくて苦しくて、込み上げた途方もない幸福感と、同じだけの寂しさに、あたしは泣いた。

燃えるような橙色の教室で、生まれてはじめて、心の底から他人の幸せを願いながら。

あたしはたしかに、初恋の終わりを、見送った。

このアイスキャンディは賞味期限切れ

櫻いいよ

アイスキャンディには、賞味期限がないらしい。
だからといって、いつまでも大事に保存していても意味がない。

半年以上冷凍庫に入れっぱなしになっていたアイスキャンディの袋を開けると、霜がびっしりついていて、食べる気になれずゴミ箱に捨てた。

「……あ！　当たりかどうか見るの忘れた」

それを見るために食べようと思ったのに。

「沙絵加」

人気の少ない駅のベンチでそんなことを思いながら足を伸ばして座っていると、充剛の声が聞こえてきて顔を上げる。改札の向こうから爽やかな笑顔をわたしに向ける彼が見えた。アイスキャンディのことを考えていて、彼の乗る電車がホームに入ってきたことに気づかなかったようだ。

充剛の背後にあった電車のドアが閉まり、ゆっくりと走りはじめる。それを見送り時計を見る。

今はお昼の十二時過ぎ。日が沈むまで、あと六時間。

駅を出ると、穏やかな春の風が通り過ぎていく。今朝、ちょうど桜の開花宣言があったからか、花の香りがかすかにした。

「待った？」

「ううん、大丈夫。電車の時間聞いてたし」

改札を出てきた充剛のそばに駆け寄る。

「あー、お腹（なか）すいたー」

「充剛、電車の中で駅弁とか食べへんかったん？」

「駅弁は朝ご飯。だから、お昼ご飯はまだ」

彼の隣に並ぶと、以前よりも少し目線を上に向けなくてはいけないような気がした。

おそらく、彼はまた身長が伸びたのだろう。四月から高校三年になるけれど、彼はまだ成長期のようだ。

じっと見ていたことに気づいたのか、充剛は「ん？」とわたしを見下ろして首を傾げた。

充剛のかわいらしいくりっとした瞳に、安堵（あんど）の笑みがこぼれる。

わたしの好きな、垂れ目の奥二重（おくぶたえ）に、わたしが映っている。

「半年ぶりやなあーって思って」

へへ、とはにかんで答えると、充剛が目を細めた。

「もうそんなになるっけ。はやいなー」

「充剛の髪型もかわったしな」

半年前は短髪だった彼の髪の毛は、今どきのふんわりとした髪型になっている。

パーマをあてたのだろうか。もしくは癖毛（くせげ）だったのだろうか。色がほんのりと茶色づいているので染めたのだろう。

「めっちゃ似合ってる」

前よりずっとかっこよくなった、とは恥ずかしいので口にしなかった。

「沙絵加は短くなったな」

「うん。ボブにしてみた。似合うやろ」

「すげえかわいい」

にかっと白い歯を見せて充剛はわたしの髪の毛に触れてきた。紺色のジャケットの袖口(そでぐち)が視界に入る。

恥ずかしげもなく〝かわいい〟と言う充剛に顔が赤くなる。おまけに彼に触れられるのは久々だ。それを、以前は当たり前のことのように受けいれて喜ぶことができていたのに、今は頬(ほお)がむずむずとしてしまう。変な顔になっているような気がして口元を引き締める。

そうすると、なぜかちょっと涙が浮かんで、慌てて目を閉じた。

久々の再会だからって感極まりすぎだ。

そんなわたしに気づいているのかいないのか、充剛は「でも」と言ってあたりをぐるりと見渡した。

「この町はかわんねえなあ」

「そりゃ、かわらへんのがこの町やもん」

たしかに、と言って充剛が笑う。そして、

「会いたかった、沙絵加」

「うん、わたしも」

ぎゅっと手を握られると、同じ強さで心臓を抱きしめられたみたいに感じて喉が萎(しぼ)んだ。それを誤魔化(ごまか)すために、つながっていた手を大きく振る。

「さ、今日は楽しもう！」

「おう！」

目を合わせて、満面の笑みを見せ合う。

そして、わたしたちは軽い足取りを意識して前に進んだ。

太陽の日差しが眩(まぶ)しい、三月下旬の今日。つき合って一年十ヶ月、遠距離恋愛をはじめてから一年になるわたしたちは、半年ぶりのデートをする。

――わたしたちが出会ったこの町で。

＋　＋＋　＋

この町は、田舎と呼ぶにふさわしい、よく言えば落ち着いたところだ。

都会と呼ばれる駅までは片道三十分ほどあれば行けるため、田舎の割にはそれほど閉鎖的ではない。若干(じゃっかん)電車やバスの本数が少ないことを除(のぞ)けば。

そして、わたしの通っている高校は町の中でもかなり山の近くにある。最寄(もよ)り駅までは大きな川が流れていて、高い建物が少ないため空が広々としている、そんなところだ。


「……ボタン、取れかけてるで」


その言葉が、わたしと充剛の会話のはじまりだった。

桜が散って、夏に向かって緑を蓄(たくわ)えはじめた木々が校庭に並んでいた高校一年生の春過ぎ、同じクラスになった充剛のYシャツの袖口のボタンが今にも落っこちそうなところでぶら下がっているのを見て、つい口にしてしまった。

授業が終わったあとの放課後、わたしと充剛——当時は新田(にった)くんと呼んでいた——は遅刻をした罰で化学室を掃除をしていた。

わたしは高校に入って初めての遅刻で、彼はすでに五回目の遅刻だった。ちなみにわたしの遅刻理由は、単にお弁当を忘れて家に取りに帰ったからだ。

たった十分で、なおかつ初遅刻だというのに、遅刻の常習犯である新田くんと同じ立場になるのは少々納得がいかないな、とちょっと拗(す)ねていた。男子とふたりきりだというのも落ち着かないし。

さっさと終わらせてさっさと帰ろう。

そう思って掃除道具入れからほうきを二本取り出し、彼に手渡した。そのとき、ふらふらと左右に揺れている袖口のボタンに気づいたのだ。

「え？　あ、ほんまや」

「明日にでも彼女につけてもらったら？」

「俺に彼女いないことを知ってての嫌みなん？　やるな、滝本さん」

ふははと笑った彼は、躊躇なくそのボタンを引きちぎってポケットに入れた。

新田くんに彼女がいないはずがないと思っていたので、彼の行動よりも台詞に驚く。

「うそやん」

「ほんまやん」

「なにその返事」

今度はわたしが笑った。

でも、やっぱり彼に彼女がいないのは信じられない。

彼は社交的で教室でも廊下でも登下校のときでも、彼と同じようにクラスや学年で注目を集める〝一軍〟の子たちに囲まれている。男子も女子もみんなキラキラ輝いていて、眩しい存在だ。

その中でも新田くんは端正な顔立ちをしていて、派手なわけではないのに、誰よりも目立つ不思議な存在だ。いつも笑っていて楽しそうなのに、どことなく落ち着きを感じる。遅刻もするし授業中もよく寝ているのに、なぜか素行が悪いイメージにはならない。

やさしげな目元のせいだろうか。

もしくは短いのに柔らかそうな髪の毛のせいだろうか。

同じクラスとはいえ、こうして一緒に居残り掃除をする機会でもなければ話すことのないわたしですら、恋愛感情はなくとも目を奪われるくらいの魅力がある。

「……ほんまにおらんの？　いそうやのに」

「滝本さんにそんなふうに言われると悪い気はせんけど、ほんまにおらんで」

新田くんの表情は、嘘を吐いているようには見えなかった。

わたしが彼には彼女がいるのだろう、と思っていたのは、見た目がいいからというだけではない。

彼が、友だちと遊びに行かないからだ。

まだ高校生になって一ヶ月弱だけれど、彼が放課後や休日の誘いを断るところを見たのは、一度や二度ではない。ほぼ毎日だ。理由はいつも〝用事があるから〟だけで、詳細は誰も知らないようだった。しつこく食い下がる友人もいたけれど、彼はのらりくらりと理由を口にするのを避けていた。そしてなにを言われても、決して遊びに行こうとはしなかった。

同じ中学校出身のクラスメイトによると、それは昔からだそうだ。

だから、きっと彼女がいるのだろう、と言っていた。相手が誰なのかを突き止めたひとはいないが、そうに違いない、と。

「滝本さんは彼氏いるん？」

「なんで急にわたしの話になるんかわからんけど、おらんよ」

とりあえず掃除をしてしまおう、とガタガタと机をどかして床の埃をまとめていると、未だかつてされたことのない質問をされた。なんでそんなこと訊いてくるのかさっぱりわからないけれど、とりあえず答える。

「なんか滝本さんって、年上の彼氏とかおりそうやなって」

「そんなこと初めて言われた」

「ほんま？　同い年の男子なんか相手にしてない感じするやん」

用事があるはずの彼は、ほうきを両手で支えその上に顎をのせてわたしに言う。はやく帰りたくないのかと思うくらいのんびりした様子だ。

「滝本さんって、女子とはよう喋ってんのに、男子には塩対応やもんな」

なんでそんなことを知っているのかと訝しげな視線を向けると、新田くんは「俺、結構人間観察しててんねん」と片頬を引き上げた。

「塩対応とか、そんなことない……と思うけど」

「ほんま? でも、俺と話すの、同じクラスになって初めてやん。あ、もしかして俺のこと避けてたとか?」

べつに避けていたわけではない。ただ、話すきっかけがなかっただけだ。グループが違う、というのも理由のひとつだけど、わたしとよく一緒にいる友人も彼とは何度か話をしていた。そのくらい彼はフレンドリーだ。

でも——彼の言っていることは正しい。

「男子と話すのが、あんまり得意じゃないだけ」

ふうん、と新田くんは不思議そうに首を傾げた。

放課後の空気は、ちょっと特別だと思う。ふたりきりだとなおさらだ。そのせいで、普段なら絶対に話さないようなことが口をついて出る。

「お母さんが、しょっちゅう彼氏連れてくるから、なんとなく苦手」

彼が目を丸くしたのを見て、説明不足だと気づいた。

「べつに、変なひととか、なんかいやな目にあったとかはないで」

「え、ああ、そっか。なんかごめん、変な想像してもた」

あからさまにほっとした彼に、苦く笑う。

「滝本さん、母子家庭やったんか」

「うん。今どき珍しくもなんともないやろ」

きっと、こんなふうに彼と話すのは、最初で最後に違いない。なら、なにを言ったってかまわない。明日には新田くんもきっと忘れる。

「生まれたときからお母さんしかおらんから、わたしにとっては当たり前のことなんやけどな」

母親は未婚のままわたしを産んだため、わたしは本当の父親を知らない。気にならないと言えば嘘になるけれど、知ったところで会いたいとも思わないのでどうでもいいかと、物心ついてから母親に聞いたことはない。

けれど、母親しかいない家庭にさびしさはもちろんあった。父親がいないからではなく、商社の営業として働いている母親があまり家にいないからだ。運動会や授業参観に来られないこともあったし、出張で家を空けることもある。幼いときは車で十五分ほどの祖父母の家に預けられていたけれど、中学生になってからは家で留守番をするようになった。ひとりきりは、心細くなる。

でもそれ以上にさびしいと思うのは、母親が彼氏を家に連れてきたときだ。

「彼氏ができるとわたしに紹介せなあかん、と思うらしくて。すぐに連れてくんねん」

今の彼氏で何人目かは、もう覚えていない。

「自由奔放(ほんぽう)な感じってこと？」

ざっくりとしたわたしの説明に、すっかり掃除をする気を失った新田くんはそばにあったイスに腰を下ろしていた。

「んー……そういう感じでもないかな。平日は仕事で忙しそうやし接待とかで呑んでくることもあるけど、土日は仕事が休みやから習い事がなければ家にいるし」

「そんな生活でそんな彼氏何人もできるもんなん？」

「お母さん、習い事が趣味やねん。俳句とか、アイシングクッキーとか、音楽教室とか。ほかにもなんかやっとったかな。彼氏は、そこで出会ったひとがほとんど」

暇つぶしと息抜きを兼ねた〝習い事をする趣味〟だとわたしは思っている。そこで気の合うひとと出会うとすぐにつき合い、そして、別れたらすぐに辞める。

「彼氏を家に連れてくるって言っても、家に泊まらんと一緒にご飯食べたりするだけなんやけどな」

「まあ、家に知らんひとがおるんは気を遣うよな」

「そういう感じ」

母親と違ってわたしはそれほど社交的ではない。おまけに家では寛いで過ごしたい。だというのに見ず知らずの男性が家に来て、親しげに話しかけてくる時間を笑顔で過ごさなければいけない。

だから、母親の彼氏が家にいる休日は落ち着いて過ごせないので、自転車に乗って用事もないのにぶらぶらしたり少し離れた場所にある図書館まで時間をかけて本を読みに行ったりしている。

「みんな、ええひとなんやけど、な」

　どのひとも、陽気でよく喋る。わたしが楽しく過ごせるように常に笑顔で親切にしてくれる。母親に再婚する気がないことをわかっているようで、父親になろうとするひともいない。

　でも、家の中に他人がいるのは、苦手だ。

　生まれたときから家族はわたしと母親だけだった。男性とどう接すればいいのかわからない。母親の彼氏という微妙な関係性も、居心地が悪い。無意識に、身構えてしまう。

　気がつけば、男性だけではなく、同年代の男子に対してもそうなってしまった。

「男のひとと話す、イコール、気を遣うって脳が勝手に判断するねん」

「なるほど。じゃあ、こういう話のときにお決まりの台詞やけど、俺は？」

「そんなお決まりの台詞があったなんて知らんかったな」

　机に頬杖をついて、彼がわたしを上目遣いに見ていた。

　――俺は？

　そう聞かれてもよくわからないのが正直なところだ。そもそもこれまで彼とよく喋っていたわけでもない。今日がイレギュラーなだけ。

でも、この短いあいだの会話で、彼にはそれほど気を遣うことがないなと気づく。

それに、はじめこそ若干身構えていたけれど、すぐに素で接していた。

それはなんでだろう。彼の目を見て考える。

「新田くんは……多分わたしのことをどうでもいいと思ってるからかな」

「え、俺最低な感じやん」

「クラスメイトとしか思ってなくて、ここにいるのがわたしでも別の子でも、なんの違いもない感じ」

あー……と新田くんはちょっと納得したかのように声を出した。そして「でもそうかも」と肩をすくめてからゆっくりと立ち上がり窓の外を見る。

そして、

「俺あんまり学校好きちゃうからかな」

と言った。

予想外の言葉に、返事をするのを忘れてしまう。

彼の普段の様子からそんなふうに思ったことはない。ただ、フラットにひとと接するひとなんだろうと思っただけだ。

彼は窓を開けて、外から入ってきた空気を吸いこんだ。

「みんな、なんの悩みもなさそうに見えて、なんか惨めになんねん」

もちろん、そんなことないのはわかってんねんけど、と言葉をつけ足し目を細める。笑っているのに泣いているように見えたのは、気のせいだろうか。

「新田くんは、悩みがあるん？」

「まあ、簡単に言うとお金がない」

簡潔な説明を彼はふざけた調子で言った。

新田くんの説明によると、彼の家はあまり裕福ではないらしい。母親は体が弱く、父親は祖父の代からの会社を継いだもののあまり芳(かんば)しくない状態らしい。そして、彼には四人の弟妹がいるのだという。

今着ている制服も、知り合いの伝手(つて)で手に入れたものらしく、よく見ればズボンの裾(すそ)はすでにすり切れている。

「だから友だちとおっても、たまにすげえいやなこと考えたりする。オーラが見えるひとには真っ黒にうつってんちゃうかな、てくらい」

わたしにはオーラが見えないので、今までそんなことを感じたことはなかったけれど、それ以前に話したことがなかった。でも、今の彼はたしかに、陰りを感じる。

「無駄遣いしてるとバカじゃねえのって思うし、お金がないとか言ってると、俺よりマシだろってムカつく。みんな、俺より裕福で幸せな人生なんだと思うと、すげえ情けなくて空しくなって、校内の窓ガラス全部割りたくなる」

「意外な一面やな。なかなか過激やん」

人気者の彼がそんなことを思っていたとは想像もしていなかった。

ひとは見た目ではわからないもんなんだな、とわかっていたけれど今までわかっていなかった自分に気づく。

「一発逆転を狙って東京でなんかお金になりそうな仕事をはじめるとか親父が言い出してるけど、どうなるんやろな」

はーあと大きなため息を吐いて、新田くんは背伸びをした。

「もしかして……遊びに行かへんのもそれが関係してるん？」

「よう知ってんな。滝本さんも人間観察が趣味なん？」

「みんな知ってるよ」

「そうなんか。まあそういうこと。なんせお金がないから。今はバイトしてるけど、昔から内職もしてんねん。でも、夜遅くまでやってるせいで寝坊してまうねんなあ」

「そうやったんや」

いつも楽しそうな彼からは想像もしていなかった。

みんないろいろある。でも、それを口にせずに掃除を再開した。

彼の悩みを聞いたところで、わたしには四人もきょうだいがいるのは賑（にぎ）やかそうでいいなと思ってしまうし、おそらく彼は彼で他人の悩みを羨（うらや）ましく思うこともあるだろうから。

みんなが同じようになにかしらに悩んでいるからと言って、妬み嫉みがなくなるわけではない。そもそもつらいのが自分だけ、だなんて悲劇のヒロインの世界にどっぷり浸かることは簡単なことではない。

「なあ、滝本さん」

「なに？」

さすがにそろそろ掃除を終わらせて帰らなくては、と思っていると新田くんがわたしの名前を呼んだ。振り返ると、窓際に手をついてわたしを見ている彼と目が合う。

彼の背後には水色に一滴のピンク色を落としたみたいな夕焼けが広がっていた。

このピンク色を、わたしは知っている。

空への滲み方も、わたしの知っているなにかに似ている。

でもなにかがわからない。

「滝本さんの下の名前ってなんやったっけ？」

「沙絵加やけど」

「俺の下の名前知っとる？　充剛やねんけど」

「知ってる」

いったいなんの話がはじまったのかわからず、とりあえず彼の質問に答えていく。

わたしが不思議そうな顔をしていることに気づいた新田くんは、朗(ほが)らかな笑みを浮かべ、そしてゆっくりと口を開いた。

「俺たちつき合わん？」

軽い口調だったけれど、甘美(かんび)なものを纏(まと)った声だった。

それがじわりとわたしの体に溶けこんでくる。

彼の提案は突飛(とっぴ)だとしか言えないものだったのに、驚きは、なかった。

「……ボタンつけてあげよっか？」

手を差し出して答える。

「せやな、彼女につけてもらいって言ってたもんな」

彼はゆっくりと近づいてきて、ポケットの中に入れていたボタンを取り出す。そして、わたしの手にやさしく触れてボタンを握らせた。

しばらくのあいだ手をつないだまま、目を合わせていた。

遠くから、部活動のかけ声が聞こえる。

非日常は正常な判断を狂わせることができるのだろう。

適当に掃除を済ませて教室に戻ってから、わたしは彼のボタンをつけた。彼は黙ってわたしの手元をじっと見つめていた。

そして、一緒に帰った。新田くんは自転車通学で、駅に向かうわたしとは反対方向なのに、駅まで送ってくれると言った。つまり、交際初日の下校デートだ。

「沙絵加、今まで誰かとつき合ったことあるん？」

自転車をひいて隣を歩く新田くんがわたしに聞いた。

少し前まで〝滝本さん〟だったのに彼は自然に〝沙絵加〟と呼ぶ。男子に名前で呼ばれるのは初めてで、そわっとする。ただそれを隠して平静を装いながら「ないよ」と答えた。

「新田くん——いや、充剛はどうなん」

彼が名前で呼ぶならわたしもそうしたほうがいいのだろうと思って言い直したけれど、呼ばれたときとはまた違う言葉にできない感情が胸の中で暴れる。

「俺も初めて彼女ができたところ」

「彼女、か。そっか、充剛は、彼氏になるんやな」

つき合うとそういう名前の関係になるのかと、改めて気づく。

今日の朝同じ道を反対方向に歩いていたわたしには、下校時には初めての彼氏ができているなんて想像もしていなかった。男子とふたりきりで歩くことすら初めての経験だ。

でも、それほど違和感はない。

たまに手が触れるとビクッとするし、緊張もある。でも、心地はいい。

学校のそばにある川沿いを、ふたりで歩く。充剛は普段通らない道だからか、「景色が新鮮に感じるわ」と川を見おろしながら歩いている。

「あ、なにあの店」

ハッとして充剛が少し先を指さした。視線を向けると、お菓子から日用品まで取りそろえている、それは昔ながらの小さな小さな商店だ。わたしもまだ利用したことはない。外からちらっと覗き見ただけ。

それを伝えると、充剛は店の前にあるアイスクリームの入っている冷凍ケースに駆け寄り「アイス食べようや」と子どものように目を輝かせた。

中には、コンビニにあるものよりもずっと時代を感じるラインナップが並んでいた。

「これふたりでわけへん？」

そう言って彼が取り出したのは、棒付きのアイスキャンディだった。ふたつのアイスキャンディがくっついていて、真ん中でぱきっと割ることができる、小さい頃何度か食べた記憶がある懐かしい商品だ。しかも当たり付きというお得感。

値段は六十円。三十円ずつ財布から取り出して、彼は店員のおばあさんに会計をしに中に入った。

「はい」

袋の中で割られたひとつを差し出されて受け取る。

よく見ていなかったけれど、アイスキャンディはいちご味だったらしくほんのりとピンク色だった。本当に薄い薄い、ピンク色。そしてぺろりと舐めると、見た目と同じような薄いいちごの味がする。

「あ、これや」

ぱちっと脳内でピースがハマった感覚がして声をあげる。

「なに。どしたん」

「あ、いや。さっき化学室から見えた夕日が、なにかに似てるなって思っててん。これ、このアイスキャンディやわ」

水をたっぷり混ぜたようなピンク色が、青空にじわりと広がっている感じ。ちょっと甘いけれど、でもやっぱり薄味で、それが逆に印象深い。

ほら、と上を指さすと、彼は空を仰ぐ。

頭上には、まだ夕焼けが広がっていた。さっきよりも夕日が存在感を増していて青みが少なくなっているものの、わたしの見たアイスキャンディの色はそこにある。

「言われてみれば？」

アイスキャンディをガリッと噛んで充剛が言う。あんまりわかってない感じだ。でも、そんな適当な返事はいいなと思った。共感を求めているわけではないから。

そして、彼とならいい関係になれるだろうとも思った。

彼はわたしに『俺たちつき合わん？』と聞いてきた。『好きだから』ではない。
じゃあどうしてわたしとつき合おうと思ったのかはよくわからないけれど、おそらく、
わたしが拒否しなかった理由と同じようなものだろう。
なんとなく、そういう関係になってもいいなと思っただけ。
充剛はわたしのことを好きなわけではないし、わたしも、充剛のことを好きなわけ
ではない。
でも、わたしは彼のことを好きになるだろう。
ふたりでひとつのアイスキャンディが、これまで食べてきたアイスの中で一番おい
しかったから。
溶けていく。
アイスと同じように、わたしの日常も。
なんて、ね。
ひとりでふっと鼻で笑ってから、食べかけのアイスを彼に向ける。
「これからよろしく。彼氏」
「はは、こちらこそよろしく、彼女」
お互いのアイスを軽くぶつけて乾杯をする。そして、ぶふっと同時に噴き出した。
食べたアイスキャンディの当たり棒は、ふたりそろってハズレだった。

次の日、学校に行くとすでにわたしたちのことはクラスに広まっていて、友だちはもちろんそうでない子たちにも質問攻めにされた。なんでつき合うことになったのか、という類(たぐ)いの内容をのらりくらりと躱(かわ)しているあいだに一日が終わり、放課後にはぐったりしていたほどだ。

その日も、わたしと充剛は一緒に帰った。

それからほぼ毎日、一緒に歩いた。

教室ではほとんど話をしなかった。避けているわけでもなんでもなく、特に用事がないからだ。共通の友だちがいるわけではないし、友だちよりも恋人を優先するという考えがお互いになかったから。

そのかわり、下校だけはいつもふたりだった。

「最近、お母さんの彼氏がまたかわってん。なんか毎回花を持ってくる」

「花束もすごいけど、新しい彼氏ってのもすげえな。そのうち俺らの担任にたどり着くんちゃう」

「いややけど自己紹介せんでええな」

「めっちゃポジティブやん」

夜になると母親の彼氏が家に来ることも、彼に話せるネタのひとつになるのだと思うと、以前よりも憂鬱（ゆううつ）ではなくなった。右から左へと聞き流していた母親と恋人の会話も、最近は聞くようにしている。

男のひとを苦手だと思っていた以上に、わたしは男のひとと接する母親を見るのがいやだった。わたしの知っている、わたしの母親が、姿形はかわっていないのに別人のように感じるから。

以前は見たくなくて目をそらしていたけれど、見てしまえばむしろなにを気にしていたんだろうかと思うくらい、どうってことはなかった。もしかしたら、わたしに、彼氏ができたから受けいれられるようになったかもしれない。

じゃあ今はなにも気にならなくなったのか、と言われると、それはまたべつの話だけれど。気を遣うのは気を遣う。ただ、体に入る力が少し抜けただけ。

「充剛は最近なんの内職してんの」

「ティッシュにチラシを入れるやつ。最近妹や弟もできるやつを選んでるからな」

「どう？　極めた？」

当たり前やん、と充剛が誇らしげに胸を張った。

週に三、四日は家の近くのファミリーレストランでキッチンのバイトもしているらしく、充剛はいつも忙しそうにしている。

けれど、はやく家に帰って内職をしたいはずなのに、すぐにバイト先に向かいたいはずなのに、充剛はいつもわたしを駅までのんびりと歩きながら送ってくれる。お金をあまり使いたくないはずなのに、よくアイスを食べようと言って、六十円のアイスキャンディをわたしとわけ合おうとする。

気がつけばつき合って二ヶ月になっていた。

春から夏になったからか、アイスキャンディはどんどん甘味を増しているように感じた。まだ一度も当たりは出ていないけれど、だからこそ、このアイスキャンディが下校デートの定番になっているのだろう。

帰り道は夕焼けではなく、まだ澄んだ青空が広がっていた。

そろそろ夏休みがやってくる。

休みのあいだは会えなくなるのだろうか。それとも、連絡を取り合って出掛けることもあるのだろうか。

そんなことを考えて、そうか、わたしたちは休日に会ったことが一度もないんだ、と今さら気づく。メッセージのやり取りはしているけれど、さほど多くない。電話に関しては、一度だけだ。用件はテスト範囲を教えてほしい、というものだった。

それを少しだけ、ほんの少しだけだけれどさびしく思う。

その瞬間、わたしは充剛のことを好きになったんだと思った。

蝉（せみ）のけたたましい鳴き声が、そーだそーだ、とわたしの気持ちをはやし立てているみたいに聞こえてきて、蝉の大群に閉じこめられたみたいな妙な感覚がした。

じんわりと汗ばむ手に、溶けたアイスキャンディが滴り流れてくる。

それを見た充剛は、「ベトベトやん。手、つなげへんやん」と言ったので、のぼせたみたいに顔が赤くなって頭がクラクラした。気持ちを冷やすために残りのアイスキャンディを急いで食べると、甘すぎて喉が渇いた。

+
++
+

ざあっと波のような風が吹きつけてきて、ハッとする。

「うわ、懐かしい感じ」

川沿いに出て、充剛が懐かしそうに目を細めた。

「俺ら、いつも学校帰りにこの道通ってたよな」

遠距離になってから充剛と会うのは、いつも三十分ほど先の大きな駅だった。だから、彼にとってこの町は一年半ぶりだ。

それを懐かしむ充剛には申し訳ないけれど、わたしは今もこの道を毎日歩いている。

懐かしさもなにもない、日常の光景。同じ場所にいて同じ景色を見ているのに、そうじゃないのかもしれない。

でも、その道に充剛がいることに、わたしは懐かしさで胸がいっぱいになる。それを口にするとからかわれるので、黙っておく。久々だからか、気を抜くと浮かれて恥ずかしいことばかり喋ってしまいそうだ。落ち着けわたし。

「この道には、沙絵加との思い出が、めっちゃある」

「毎日一緒に帰ったもんな」

一呼吸置いてから言うと、充剛は「そうそう」とにやにやした笑みを浮かべた。

「沙絵加が俺にキスしよっかって言ったのもこの道やったしな」

「……っ、それを言うなら！　充剛が顔を真っ赤にしてわたしと手をつないできたんもこの道やんか。っていうか充剛が先やし！」

恥ずかしい思い出にむうっとして言い返す。

羞恥(しゅうち)を覚える初々(ういうい)しい出来事に、充剛の顔もほんのりと赤くなった。

「そんなの覚えてない」

「うわ、ずっる。じゃあわたしが教えたるわ。充剛が無言で手をつないできたから、わたしがキスしよっかって言ったんやで」

「思い出すだけで胸をかきむしりたくなるくらい恥ずかしいな」

顔の熱を冷ますように、充剛は空いているほうの手を振って扇(あお)ぐ。

なんとなくでつき合い出したわたしたちは、時間と会話を積み重ねて、ゆっくりと恋心を育てていった。

ほかのひとには話したことのないお互いの小さな黒い部分を軽く口にして、相手もそれを軽く受け止める。慰めることも同情することも共感することもない。でも、決して聞き流しているわけでもない。

これといったきっかけがあったわけでもないのにひとを好きになるものなのかと、不思議で仕方なかったし、これが本当に恋人に抱く感情なのかもわからなかった。なんせ、わたしはそれまで誰かを好きになったことがなかったのだから。

それまで、一度も手をつないだことがないわけじゃなかった。むしろつき合ってすぐの頃は何度か経験したことだ。

けれど、いつからかそれがなくなり、そしてあの日——充剛は久々にわたしの手を無言で握ってきた。掌から伝わってくるぬくもりと、普段はよく喋る彼が無言で顔を赤くしていた様子を見たとき、多幸感が胸を襲った。

……だからって『キスしよっか』はさすがにどうかと自分でも思う。無意識で、口にしたときは羞恥よりも後悔でパニックになったのを覚えている。

でも、弾かれたように振り返った充剛が、目を見開いていたから。彼の手に力が込められたのがわかったから。

時間が止まったようだった。

一瞬の出来事だったようにも思う。

目を合わせ、彼がまわりを見渡して、そして、わたしたちは唇を重ねた。

「沙絵加あんとき、キスってこんな感じなんや、て言ったのを俺は忘れないからな」

そんなこと言った覚えは一切ない。記憶を捏造(ねつぞう)されているのでは。

「うそやん」

「ほんとほんと」

なにその返事、という言葉を呑みこみ、ほんまー？　と訝しげな視線を向けると、充剛は「あのとき傷ついたからよく覚えてる」と自信を持って答えた。

「覚えてないけど、でも、照れ隠しで言っただけやって」

「俺も照れ隠しで〝せやなこんなもんなんやな〟って言ったけどな」

焦るわたしに、充剛がケラケラと笑った。

「なにそれ、結局お互い様やん」

眉間(みけん)に皺(しわ)を寄せると、より一層笑われる。

からかわれたことが悔しい。けれど、楽しそうな充剛を見ていると、わたしまで楽しくなってしまう。

記憶にはないけれど、わたしたちが口にした〝こんなもの〟だったキスは、あの日から日常の行為になった。学校でも人目を盗んで何回かしたし、今歩いているこの川沿いの道では、毎日数回はしていたのではないだろうか。

……思い出すと恥ずかしくなってきた。

「充剛の今住んでるところには、近くに川ないんやったっけ」

それを隠すために、とりあえず話題をかえる。

「あるにはあるけど、ここみたいに河原がないなー」

「なんか都会って感じやな」

「都会のイメージが偏ってるな。俺の住んでるところがないだけ」

充剛が今住んでいるのは、東京だ。

あまりに遠いため、わたしはまだ一度も行ったことがない。充剛と遠距離になってから会うのは今日で三回目だけれど、毎回彼がこちらまで来てくれている。

わたしのイメージする東京は、テレビで見るビルが建ち並ぶ姿だ。充剛が言うにはそんな都会のど真ん中に住んでいるわけではないらしいけれど。東京も、中心部から離れたらそれなりに穏やかな雰囲気なんだとか。

「大阪とたいしてかわんないと思うけどな」

「そう言われても大阪も滅多に行かんしわからん」

「三ノ宮よりもビルが多い感じ」

「充剛、いっつもその曖昧な説明よな」

「だってそれ以外に説明しにくいしー」

大阪までも電車で行けるけれど、高校生のわたしにはまだ少し敷居が高くて、一度しか行ったことがない。

わたしの視界は、この広い空と遠くに見える山々の姿に慣れてしまったから。三ノ宮ですら、わたしにはひとが多すぎて、出掛けた日はどっと疲れてしまう。

でもきっと、今の充剛は、わたしがテレビで見かけるひとと建物がぎゅうぎゅうに詰めこまれたような街で、放課後や休日を過ごしているのだろう。おしゃれな店で買い物をしたり、華やかな場所で友だちと談笑したり。

都会は物価が高い、と聞いたことがある。食べ物も飲み物も、服も。

……もしかして、今着ている充剛の服もすべて高いのかもしれない。紺色のジャケットに黒のリュック、細身のパンツにスニーカーという至って普通の格好なのに、なんだかすごく最先端な気がしてきた。

この町にいた頃の充剛は、いつもほとんど同じ格好だった。Tシャツもしくはパーカーにデニム、そして年季を感じるスニーカー。その格好もシンプルで好きだったけれど、今の格好のほうがかっこいいのは間違いない。

今のわたしは、彼に釣り合っているだろうか。

もちろん、わたしなりにおしゃれはした。昨日美容院に行ったばかりだし、今朝は念入りにセットしてお気に入りのバレッタもしている。久々に会う彼氏に今日はかわいいと思ってもらいたくて、先週友だちと買い物に出掛けたくらいだ。

けれど、都会に住む彼の目には、田舎者だと映っているのかもしれない。

自分の私服が恥ずかしくなってくる。

考えすぎだ。何度も言い聞かせてから顔を上げる。

今日は楽しい気持ちでいなくては。きゅっと口角を引き上げて「この景色も久々に見たらなかなか悪くないやろ」と笑顔を向ける。

「ああ、どこ見てもなんか、いいな。懐かしい」

「懐かしいついでに、お昼はいつもの喫茶店に行こ」

「おー、行く行く」

充剛の目が輝いた。

川沿いをもう少し進み途中で道を曲がると小さな純喫茶が見えてくる。八席のカウンターにテーブルが四つの、五十代くらいのおじさんがやっている店だ。古くて小さなドアからは中の様子がなかなか見えず、入りにくい雰囲気がある。

だからこそ、わたしと充剛が寄り道するのにいい場所で、月に一回、充剛のバイト給料日の次の日には必ず利用していた。店内にはいつだって常連らしいおじいちゃんやおばあちゃんがひとりふたりいるだけだ。

「あれ、久々やんか」

少し傾いているドアを開けると、カウンターに立っていたオーナーのおじさんが充剛の顔を見てうれしそうな顔をした。

「久しぶりです」

ぺこんと頭を下げた充剛は、いつも一緒に座っていたテーブル席に自然に向かう。そんな些細なことに、胸があたたかくなる。一年前に戻ったような気持ちだ。オーナーが微笑ましい目でわたしたちを見ているのもあるかもしれない。

へへ、とはにかみながら充剛のあとに続いて窓際の席に座った。普段は窓の外に特にこれといった特徴のない田舎の景色だけが広がっているが、幸いこの季節だけは、すぐそばにある公園の桜の花が見える。

「離れても仲良くやってんねんな。長いあいだ彼女も来んから、どうしとんやろかと思ってたんや」

そう言ってうれしそうに水を持ってきたオーナーに、わたしはナポリタン、充剛はオムライスを注文した。お決まりのメニューだ。この店で食事をした回数は、二回しかないけれど。

かわらへんな、と目を合わせて笑う。

味もきっとかわっていない。

オーナーが言ったように、充剛がいなくなってからひとりで来たことはない。今のわたしは、充剛と同じように懐かしさを感じている。

今、充剛と同じなのが、うれしい。

「あー……で、最近、沙絵加はどう?」

「質問が漠然(ばくぜん)としてるなあ」

水を一口飲んでから緊張を隠して充剛が言うので苦笑する。

最近はあまり充剛と連絡を取れていなかったので、気になっていたのだろう。

「特にかわらへんよ。かわらんなりに、過ごしてるって感じかなあ」

「おばさんは?」

「お母さんもかわらんな。彼氏もな」

母親は毎日仕事と習い事で忙しくしていて、二年前からはじめたタップダンスの習い事で出会い、一年半前からつき合うことになった関根(せきね)さんとは今も続いている。やや お腹が出ていて恰幅(かっぷく)はいいのに顔つきはパンダのような垂れ目のおじさんで、母親の会社の近くにあるホテルの料理人らしい。休日には関根さんが夕食を作ってくれて、わたしのために作り置きのおかずも用意してくれる。

関根さん、と名前を呼ぶと目を細くして笑う。ご飯を完食するといつも満足気にお腹を撫でる。そして、母親にやさしい眼差(まなざ)しを向ける。

気を遣うのはかわらない。でも、以前よりも話をするようになった。母親にも『沙絵加、あのひとのこと結構気に入ってんちゃう？』と言われるくらいには。

「そっか」

充剛がほっとしたような、けれどどこかさびしげな笑みを浮かべる。

心配してくれてたことが伝わってきて、そのことになぜかわたしが安堵する。

「最初は関根さんのほうがお母さんにベタ惚れの感じやったけど、最近は、実はお母さんが関根さんのことをめっちゃ好きなんかなって思ってる」

「沙絵加のお母さんクールな感じやったから、やさしいひとのがいいんかもな」

以前、充剛はわたしの家に来たとき、一度だけ母親と顔を合わせたことがある。休日出勤の日で夜まで帰ってこないはずだったのに、ふらりと夕方に帰宅したのだ。

母親は充剛の姿に驚いた様子は見せなかった。いらっしゃい、と言って普段は買ってこないケーキを出してくれたので、わたしが彼氏を家に呼ぶことを察していたのだろう。恋多き女性の勘は恐ろしいなと思った記憶がある。

彼氏と家でふたりきりだったことを咎められはしなかったけれど、『最近私の彼にも態度が柔らかくなったのはそういうことね』とにやにやされた。

「充剛は？　最近どうなん」

「俺は……どうやろ。あ、ちょっと太ったかな」

「ええもんばっかり食べてんねんやろ」

毎食キャビア？　フォアグラ？　トリュフ？　と知識のないわたしでも知っている高級食材を口にすると、充剛は「そんなわけないだろ」と噴き出した。

「三食サーロインステーキだっつーの」

「はは、めっちゃ話盛るやん」

この会話を、一年半前のわたしたちが聞いたらどんな顔をするだろう。

六十円の安いアイスキャンディを時間をかけて食べた。

喫茶店でご飯を食べるのも、お金に余裕があるときだけだった。

電車に乗って出掛けても、ほとんどお金を使わずに過ごした。

──でも、あの頃のわたしたちは満たされていた。

＋　＋＋　＋

夏前につき合って秋と冬を過ごした頃には、わたしたちは間違いなく両想いで、相手をなによりも大事に想うようになっていた。

毎日一緒に帰り、夜にはメッセージのやり取りをした。会えない休日は、バイト終わりに充剛がわずかな時間だけでも会いに来てくれることもあった。

充剛と一緒にいるだけで、毎日が楽しくて幸せだった。

「沙絵加、前より男子と話せるようになってへん？」

いつもの帰り道、充剛が言った。

一月で、彼の鼻は寒さで赤くなっていた。でも先月数年ぶりにコートを買い直してもらえたのだとうれしそうな顔で教えてくれたモッズコートは、あたたかそうだ。

「そうかな。でも、そうなんかも」

「適当やなーその返事。でも絶対前より男子との壁が薄くなってると思う」

「よくわからんけど、前よりも男子に対して身構える感じはなくなった、かも」

母親の彼氏と少しだけ話すようになってから、クラスの男子とも、少し話せるようになったような気もしないでもない。

でも。

「話せるようになった、というより話しかけられるようになった、って感じやな」

「おんなじちゃうん？」

「話しかけられるから話すねん。わたしから話しかけることはほとんどないもん」

じゃあなんで話しかけられるのか、と言えば、クラスの中心にいる充剛とつき合っているからだと思う。社交的なひとたちは、友だちの彼女は友だちにはならなくとも多少関係が近くなるようだ。

でもそれはわたしにとっても同じだ。相手が充剛の友だちだと、ほかの男子よりも緊張しない。

「充剛のおかげやな」

話しかけられるのも。相手への苦手意識を少し手放すことができたのも。

「なんでそういうことになったんかわからんけど、せやな」

「調子ええなあ。そういう充剛も、ちょっとかわったで。表情が柔らかくなった」

前までかたかった、というわけではないのだけれど、友だちと話しているときにほんのりと陰っていたものが最近はなくなっている。

充剛は「え？」と言って自分の頬に手を当てる。

「自覚はないけど、だとしたら俺も沙絵加のおかげなんやろな。沙絵加がそばにいてくれるから、卑屈になってもしゃあないなあって、ちょっと余裕ができたんかも」

へへ、と彼にしては珍しくかわいく笑ったので、わたしが照れてしまう。

「よし、お礼に俺がアイスをおごってやろう」

思わず「えっ」と大きめの声が出た。

「充剛が!?　充剛がおごってくれるん？　ほんまに？」

「そんな驚くことないやんけー」

充剛の家は今も借金があるはずだ。そのためバイトと内職に精を出し、普段彼はほとんどお金を使わない生活をしている。

お昼ご飯は母親が作るお弁当だし、ジュースを買うこともない。わたしとアイスを食べるのも週に二、三回で、店で一番安いものを割り勘で買っている。休日出掛けるときだって、極力お金を使わず楽しめるような方法を考えている。誕生日もクリスマスも、プレゼント交換はしなかった。

そんな彼が、おごるとは。

「ええの？　遠慮せんで？」

「もちろん」

どんっと胸を叩いて充剛は親指を立てた。

もちろん店はいつもの川沿いの小さな商店で、冷凍ケースを開けるなりわたしはいつものアイスを手に取った。が、それを見た充剛が「好きなん選びや」と制止する。

「今日はひとりひとつでええよ。俺も今日はこれにするし」

充剛が手にしたのは、ひとつ百円ちょっとするチョコレートがコーティングされたアイスクリームだった。

ひとりひとつ。

そう言われてアイスをひとつひとつ見る。カップに入ったアイスもあれば、アイス最中もあるし、クッキーでサンドされているものもある。それに、わたしの好きなチョコチップの入ったものも。

けれど、

「わたしは、いつものが好きやねん」

結局いつものアイスキャンディを手にした。充剛は「沙絵加がええならええけど」と不思議そうにしながら、ふたつのアイスを店内に持っていく。

寒い日だったのに、わたしたちはアイスを食べた。

わたしの選んだいつものアイスキャンディは、寒さのせいでなかなか口に含んでも溶けてくれず、まるで氷のようにかたくて、甘さをちっとも感じなかった。

なぜか、胸がざわざわしていた。

それから一ヶ月も経(た)っていないいつもの帰り道、充剛は「今日は公園でちょっと話せーへん?」とわたしを誘った。

駅に向かう道を途中で曲がった先にある、小さな公園だ。

夏場は子どもたちが元気に走り回っているけれど、真冬の五時前には誰もおらず、冬の静けさに包まれていた。そろそろ日が沈みはじめていて、ゆっくりと視界に半透明の黒いセロハンが広がっていく。それが重なって重なって、夜になる。

充剛は、なんで急に公園で話をしようと思ったのかわからないような会話をしばらく繰り返していた。最近内職を辞めたことは知っていたけれど、空いた時間で家のまわりをジョギングするようになっただとか、妹が最近冷たいだとか、久々にゆっくり観たバラエティの話とか。

気がつけば一時間以上も公園で過ごしていて、体がぶるりと震えた。この寒空の下でずっと過ごしていればそりゃ冷える。マフラーを鼻先まで引き上げて、両手をポケットに入れ肩を狭める。

「あ、悪い、寒いな」

充剛はまったく寒さを感じていないのか、わたしの様子にハッとして時間を確認した。彼とならいつまでも過ごせるけれど、さすがにこのままでは風邪を引いてしまう。せめて公園ではなく、たまに行く喫茶店ならよかったのに。

さあ帰ろうか、と腰を上げかけるけれど、充剛は座ったまま動かない。彼にしては珍しく視線を彷徨わせて口を開けたり閉じたりを繰り返す。

「どうしたん」

いつもと様子が違う。

彼の肩に触れて声をかけると、充剛は眉を下げてわたしを見た。そして、数秒黙ってから気合いを入れるように喉を上下させて口を開く。

「――俺、引っ越しすることになってん」

「え?」

素っ頓狂な声を出してから、彼の言葉を咀嚼してもう一度「え」と声を漏らす。

引っ越し、って。どこに。なんで。

充剛の肩にのせていたわたしの手に、彼の手が重なった。突然のことにまだ理解が追いつかない。けれど、街灯に照らされて浮かぶ彼の真剣な表情に、気持ちがすうっと落ち着いていく。

「……どこに?」

歯を食いしばっていた彼は、小さな声で「東京」と答えた。

ここから新幹線を使っても三時間以上かかる。交通費は……さっぱりわからない。離れてしまったら、どのくらいの期間会えなくなるのだろう。学校に充剛がいないなんて、想像もできない。

茫然としたまま、頭の中で様々なことを考えた。そんなわたしに気づかず、充剛はぼそぼそと引っ越しの理由を話してくれた。

簡単に言えば、充剛の父親の新しい事業が成功した、ということだ。詳しいことはわからないが、知り合いとともにはじめたものらしく、充剛の家族はその知り合いから東京に来ることを望まれているのだとか。

幼い弟妹もいることから、家族みんなでの引っ越しになった、と充剛は沈痛な面持ちで言う。

「俺は、沙絵加となら、離れても大丈夫やって思ってる」

そんなことを言われたら、わかった、頑張ろう、以外言えなくなる。

離れても大丈夫かもしれない。それに今はいろんな連絡手段がある。顔を見て話すことも簡単だ。お金だってかからない。一生会えないわけじゃない。

――だからって、離れてもいいとはどうしても思えない。

高校生活のほとんどを、充剛と過ごした。

これまでの高校生活で、彼が隣にいなかった日のほうが圧倒的に少ない。

充剛に会うまで、つまらない生活だったわけじゃない。でも、少しだけ枯れ葉のようにかさついていた。そこに、充剛がすうっと溶けこんできて日々を色づけてくれた。

突然だったけれど、ごく自然に。

「好き」

口にすると、それは夜の空気に溶けていった。

吐(は)き出す白い息と同じようにふわりと。

「うん、俺も好き」

充剛がゆるく微笑(ほほえ)み、頷(うなず)く。

「離れても、俺と沙絵加は、このままずっと、かわらんで」

「うん」

頬を伝う涙を、充剛が指の背でやさしく拭ってくれた。

帰りたくない。まだ一緒にいたい。

口にせず、寒さを忘れて肩を寄せ合った。夜空には無数の星が瞬いていて、それはとてもきれいで、それがなんだかとても憎らしかった。

＋　＋＋　＋

あの日過ごした公園には、元気に走り回る子どもたちがいた。

「ま、そりゃそうか」

足を踏み入れた充剛は、ちょっとだけ残念そうにしつつもあたたかい目で子どもたちの姿を見つめる。

ご飯を食べたあと、どこに行きたいかと充剛に訊くと、この公園と答えた。子どもがいるだろうことはわかっていたけれど、想像以上に多い。小学生たちも春休みに入っていることを忘れていた。しかも今は外で遊ぶのにちょうどいい季節だ。

とりあえず、運良く空いていたベンチに腰かける。

「……どうしよっか。ほかに行くとこあるかなあ」

「俺ら、なにしてたっけ」

なにもしてへんな、と呟いてがっくりと肩を落とした。

別の場所を考えても、なにも浮かばない。

っていうかこの町にはなにもない。さっきの喫茶店でもう少しだらだらしていてもよかったかもしれない。

「こういうとき車があればなあ……」

だからって行く場所があるかと言われるとないのだけれど。

以前はこの町で充剛とどう過ごそうかと悩んだことなんてないのに。

「沙絵加の運転とか想像するだけで怖いな」

「失礼やな。大学合格したらすぐに免許取りに行くで」

口にして、これから受験戦争に突入することを思い出してしまった。

「沙絵加、大学に行くん？　もう志望校決めた？」

「いや、まだ絞り切れてない。っていうか片道二時間かけて通う覚悟ができん。かといって独り暮らしはなあ……関根さんのご飯が食べられなくなるからなあ」

完全に関根さんに胃袋を掴まれてしまった。それに、母親は『好きにしてええよ』と言いながらもわたしが家を出ることにさびしさを感じているのも知っている。

高校に入った頃のわたしだったら、迷いなく独り暮らしを選んだだろう。母親にとっても彼氏とふたりで過ごせるほうが気楽だと、そう思っていた。

──『大学は一緒のところに行こう』

充剛と離れるときに交わした会話が蘇る。

「充剛は決めたん？」

「三つまで絞った。あとは合格判定が出たところを選ぶかな」

「東京だと選択肢が多そうやな。羨ましいけど、それはそれで大変そう」

「まあな。でもどの大学も実家からなら片道一時間はかかるよ」

──『そしたら、一緒に暮らそっか』

『これから離れる分、ずっとそばにおろう』

あの日、わたしたちは同じ未来を描いていた。

「それでも充分近いやん。充剛は車の免許取らんの？」

「電車がそこら中にあるからな。二輪にしようかなと思ってるところ」

そのうち車も取ると思うけど、維持費が高いからなあと充剛が腕を組んで悩む。

そうか、都会は車がなくても便利なのか。

この町は車がなければ生きていくのが大変だ。ドラッグストアやスーパーですら、徒歩では行けない。ギリギリ自転車ならなんとなる、という環境だ。

子どもたちを眺めながらそんなことをぽつぽつと話して過ごしていたけれど、時間は一向に減っていかない。

いつまでもここでだらだら過ごすのもどうかと思い、とりあえずまわりを見る。

見えるのは、やっぱり広々とした空と、山と、ちらほら見える低い建物だけ。その中にひとつ、わたしが見慣れた建物があり「あ！」と指をさす。

「せや、せっかくやし、学校でも行く？」

「おお、いいな。中に入れる？」

「部活動もしてるし大丈夫ちゃう？」

充剛はうれしそうな顔をして立ち上がり、わたしの手を取った。心なしか歩く速度もはやくなった気がする。

「今の高校、グラウンドがあんまり広くなくてさ。前の学校はすげえ広々してたなあってたまに恋しく思ってたんだよ」

「そんなに広いっけ。中学もあれくらいだったけど」

たしかトラック一周で二百メートルだった。けれどギリギリその距離、ではなく、トラックの隣では野球がゆうにできるほどのスペースがあるし、バスケットゴールもある。わたしにとってはそれが当たり前の光景だ。

「俺の学校が特別狭いんだと思うけど。斜めで百メートルかな」

「な、斜め？」

対角線を走るということらしい。

それってグラウンドと呼べるのだろうか。体育祭とかはどうするのだろう。不思議に思っていると、わたしの顔を見た充剛が口元を押さえて「ぶふっ」と噴き出した。

「な、なんなん！」

「いや、俺もあのグラウンド見たときおんなじ顔してたんだろうなあって」

「だっておかしいやん。話だけ聞いてたら余計わからんし」

ゲラゲラと笑う充剛を睨（にら）みつける。

「俺もこんなふうに笑われたときすげえ恥ずかしかったけど、逆の立場になるとやっぱ笑っちゃうもんだな。でも、今でも俺は友だちにからかわれるんだよな」

車の通りが多い大通りをランドセルの少年少女が歩いているとハラハラして目が離せなくなるとか、未だに人混みでたまに前に進めなくて立ち往生してしまうとか。そのたびに今も友だちに笑われるのだと、充剛が苦笑する。

「慣れてきたとはいえ、電車の乗り換えはまだ戸惑うなあ」

「でもそんだけ電車あるってことは、遊ぶところも多いんやろな。毎日遊んでも遊び尽くせんのちゃう？」

「俺もそう思ってたけど、結局いつも同じようなところ行ってるな」

今わたしたちの視界には映ることのない、華やかな場所の話を充剛が教えてくれる。

充剛のお気に入りの店はCDショップで、何時間いても飽きないのだとか。ちなみにこの町にはCDショップはレンタルショップの中の小さな一画しかない。

「サブスクでもいろいろ聴けるけど、店で聴いて探すのもいいんだよな」

充剛の目がキラキラしている。

「あと映画館が広くて上映される映画がこんなにあるんだな、って思ったな」

三ノ宮にも大きな映画館はある。

でも、充剛がこの町にいるときに一緒に観に行ったことはない。スマホで無料配信の映画を観たことはあるけれど、小さな画面をふたりで覗きこむことになるうえに、字幕が見にくくて疲れてしまったのでやめた。

元々、充剛は映画や音楽には明るくないひとだった。それは、そんな余裕がなかったからだったのだと、彼が東京に行ってから知った。

今の充剛は、なんでもできる。だから、いろんなものに触れて過ごしている。そうすることで、好きなものを見つけていったのだろう。

彼はもう、内職をしていない。バイトはファミレスからカラオケにかわり、まかないは出ないけれど楽しいと言っていた。学校帰りや休日に友だちと遊びに行くようにもなった。

――もう彼は、まわりのひとに嫉妬をすることもない。

彼と遠距離になって、一年になる。

どうしてあんなに不安だったんだろうというくらい、わたしたちの関係は、あまりかわらなかった。最初こそさびしく思ったけれど、一ヶ月もすれば充剛がそばにいないことに慣れてしまった。

離れているだけだ、と思えるくらい、わたしたちは電話やメッセージでたくさんの話をした。充剛は新しい土地で出会った友だちのことや、日々の生活のこと。わたしは学校でのことや家のこと。

そばにいなくても、わたしたちはなんでも知っていた。

わたしも、充剛も、お互いにとって大切な相手なのには違いがなかった。

友だちに彼氏のまわりにいる女友だちに嫉妬しないのか、不安にならないのか、と訊かれて考えたことがある。微塵(みじん)もないとは言えない。でも、それ以上にわたしは充剛が好きだし、わたしの好きな充剛はそういうひとじゃないと自信を持っていた。

その気持ちは、今もかわらない。

──でも、なにもかわっていないわけでもない。

今年の誕生日、わたしの家には彼の選んだ華奢(きゃしゃ)なブレスレットが届いた。彼からの初めてのプレゼントだった。わたしもお礼の意味も込めて、彼の誕生日には本革のペンケースを贈った。

クリスマスは、会えなかったけれどおそろいのマフラーをそれぞれネットで買った。

「沙絵加は、最近どこか行った？」

ついぼんやりと考えてしまい充剛の声にハッとする。

「えっ、えっと、んー……家で海外ドラマ観て海外気分になったくらいやな」

「なんか沙絵加、どんどん家が大好きになってない？」

「今まで気づかなかったけど、わたし出不精やったんやなあって思ってるところ」

「運動しろよ、と言いたいところだけど、沙絵加が運動してたら違和感ありすぎてなにがあったのか不安になるからな」

真剣に眉根を寄せる充剛に、笑う。

やっぱり充剛は充剛だ。自分の意見を押しつけないでいてくれるところが、わたしは好きだ。

「充剛は映画にハマったけど、海外ドラマにはあんまりハマってへんな」

「妹と弟がいるからだろうな。落ち着いて観れないから映画館行くほうがいいんだよ。だから音楽も好きなんだろうな、俺。音楽なら家にいて家族がいても楽しめる」

「なるほど」

わたしの場合は家にいる時間が長いので、映画よりもドラマのほうが多くなっている。充剛が引っ越す前までは映画も観ていたけれど、最近はほとんどドラマだ。

それは、ひとりの時間が長くなったからだ。

充剛がいなくなったのもあるし、以前なら母親の彼氏がいると落ち着かなくて家にいるのがあまり好きではなかったけれど、最近はそんなふうに思わなくなった。新しい趣味もできて、ますます家が好きになった。家でやりたいことがたくさんある。のんびりとあれこれ好きなことをして、忙しく過ごす。

それが、今のわたしだ。

学校が近づいてきて、なにかの部活のかけ声が聞こえはじめてきた。学校のまわりには季節に合わせた花が好き勝手に咲いている。

学校のほうからランニングしている男子の集団が近づいてきて、すれ違う直前で声をかけられた。

「あれ？　滝本なにしてんの」

「あ、北都(ほくと)くん。部活？」

「うんそう、って、充剛？　え、マジで？　なにしてんだよ！」

バスケ部に所属している北都くんが、わたしの隣にいる充剛を見て目を大きく見開いた。彼とは一年も二年も同じクラスで、当然充剛のことも知っている。

「よう、北都！」

「久々やん！　あ、悪い、先行っといてー」

北都くんはバスケ部の男子たちの集団から抜け出し、充剛に「なにしてんの、帰ってたん」「オレにも連絡しろやー」とまくし立てる。

「北都も元気そうだなあ」

「うわ、ちょっと標準語やん」

北都くんは顔を顰める。充剛はそのことに気づいていなかったのか、顔を赤くした。

「でもそっか、ふたりはまだ仲良くやってんねんなあ。すげーよ。オレなんか同じ学校でつき合った後輩にすら三ヶ月でフラれたってのに」

「浮気でもしたんだろ」

「そんなんしてへんわ。オレは一途やし」

友だちと軽口を言い合う充剛を見るのは、一年ぶりだ。楽しそうなふたりの会話を聞いていると、高校一年生に戻ったみたいで自然とわたしの顔に笑みが浮かぶ。

充剛の表情は、うれしそうで、穏やかで、あたたかいものだった。

「ゆっくり喋りたいけど、そろそろ部活戻るわ。部長がいつまでも遊んでたらあかんし。また連絡するから！　っていうか今度は先に連絡しろよ！」

ああ、と充剛が眉を少し下げて返事をする。

「あ、あと滝本、オレのねーちゃんが滝本の髪飾りめっちゃ喜んでたわ。なんか個人的にお願いしたいとか言っとったで」

「え！　ほんまに？　よかったあ」

「友だちにも宣伝しとくってよ。オレにもマージンよこせよ」

「やだよ」

「返事はっや」

ケタケタ、と擬音語が似合う豪快な笑顔を最後に、北都くんは走って行く。

颪みたいなひとだ。体が大きいからかリアクションも大きい。なのに動きがはやい。

「髪飾り？　ってなに？」

充剛が首を傾けてわたしに訊く。

「ああ、わたしがレジンで作ったやつ。それを北都くんが見て、お姉さんの誕生日プレゼントにしたいんやけどそれどこで売ってるん、って訊かれてん」

「沙絵加、レジンとかやってんの。そして北都って姉ちゃんいたんだな。姉ちゃんの誕生日プレゼントとかやさしー」

毎年強要されるらしく、誕生日が近づくと憂鬱だと言っていたけれど、やさしいのは間違いないだろう。そして、気に入ってもらえたのならよかった。

わたしがレジンに興味を持ち出したのは、半年ほど前からだ。

関根さんは、母親とつき合った当初から毎回花束を持って家にやってくる。いつもそれを花瓶に生けていただけだったけれど、ある日、ふともったいなく感じて、なんとなくドライフラワーにしてみた。すると次に、せっかくならこのドライフラワーをなにか別の物にしてみたいなと思い、レジンでアクセサリーを作ってみた。

それは失敗してうまくいかなかったけれど、だからこそハマってしまった。

最近やっとそれなりのものができるようになり、わたしが自分で作ったものを身につけているのを見て友だちが買いたいと言ってくれた。そして、北都くんの目にもとまり、彼のお姉さんも気に入ってくれた。

もしかすると、これは結構いい感じなのでは。

母親にオンラインで販売でもすれば、と言われたし、関根さんにもお店に飾れるなにかがほしいとアバウトなお願いもされている。

「どんなん作ってんの？」

「こんなん。今つけてるこのバレッタ。いい出来で気に入ってるやつ」

自分の頭を指さして言うと、充剛は「え、これ手作り？」と驚きの声をあげた。

「すごいな、沙絵加。俺も母さんとか妹にあげたいな」

「……じゃあ、もしオンラインサイト作ったらＵＲＬ送るわ」

「そっか、そうやな。ええの？」

「もちろん。お得意様になってな」

任せとけ、と充剛は白い歯を見せる。

その笑顔は、ちょっと泣いているように見えた。多分、わたしの笑顔も彼には同じように見えただろう。

「もう、沙絵加は男子とも話せるようになってるな」

グラウンドのそばのフェンスにさしかかり、充剛は足を止めて呟く。

「うん。まあ、話ができるようになったってだけやけどな」

「タメ口やのに、ちょっと他人行儀な感じの沙絵加も好きやったけど。でも、今のほうが、いいな」

「充剛も、前のたまに見せるちょっと荒(すさ)んだ部分も好きやったけど、屈託(くったく)なく笑って冗談を言える今のほうが、いいと思う」

うん、と充剛が小さな声で返事をした。

充剛はフェンスの前から動かなくなり、わたしも校舎に案内しようとはしなかった。

一年前まで通っていた校舎を、充剛はフェンス越しに見ていた。

結局、充剛はしばらくしてから「じゃ、次はどこ行く?」と顔を上げてわたしに訊いた。悩みに悩んで、とりあえず散歩をすることにする。

……それ以外にすることがないだけだけれど。

時間はすでに出会ってから四時間以上が経っていた。空高くにあった太陽がゆっくりと地面に向かって下がりはじめている。

多分、今、わたしと充剛は同じ気持ちを抱いている。

日の入りが迫っていることを意識していて、上辺だけの薄っぺらいやり取りを繰り返す。学校のこと、レジンの作り方、最近の音楽、面白かった海外ドラマ、公開を楽しみにしている映画。

相手はまったく興味がないのをわかっていて、わたしたちは自分の好きな話をするし、相手の話に相槌を打つ。

「アイス食べよっか」

無意識に歩いていたのに、気がつけばこれまで彼と何度も歩いた川沿いに戻ってきていた。そして、少し先には、わたしたちが何度もアイスを買った小さな店の灯りが見える。

「俺ら、アイスばっかり食べてるな」

「ようお腹壊すことなく今日までこれたよな」

冷凍ケースの前にたどり着くと、中にはいつものアイスキャンディが並んでいた。わたしはそれをひとつ取り出し、充剛に手渡す。三十円も一緒に。

袋に入った状態で縦にアイスを割ってひとつずつ手にする。

ぺろりと舐めると、口の中に水っぽさとかすかに感じる甘さが広がる。

そろそろ今日の夕焼けも、このアイスキャンディの色に染まるだろう。

「そういや、俺ら、一度も当たり棒出てないよな」

「結構食べてんのにな。当たりってほんまにあるんかな」

やめろよそういう夢のないこと言うの、と充剛が一笑した。

「そういえばさ、わたし、今日の朝もこのアイス食べようと思ってん」

ゴミ箱に入れたアイスは、今わたしが手にしているものと同じだった。

「思ったってことは食べてないの？」

「一度溶けたからか形も歪になっててふたつに割れへんし、なんか霜がびっしりついてて萎えた」

「古いやつ？　なんで溶けたん」

「充剛と前に会ったときの帰りに、ひとりでこの店に寄って買ったやつ。でも食べたいわけでもなくて、そのまま電車乗って家まで持って帰ってん」

九月の連休だった。充剛はわたしに会いに三ノ宮まで来てくれた。充剛がカフェを予約してくれていて、それまで時間があるから映画に行こうかと話が出たけれど、ゆっくりしようと近くの喫茶店に入り、だらだらとたくさんの話をした。

話せば、大丈夫だと思ったから。

画面越しではない彼とたくさん語れば、違和感は消えると思ったから。

そっと隣の充剛を見ると、彼はつらそうに眉を下げている。

少しだけ、瞳には涙が滲んでいた。いや、わたしの瞳が潤んでいるからそう見えるだけかもしれない。

「あの日、充剛がわたしの誕生日に会えなかったからって、カフェのデザートバイキング食べたよな。充剛のおごりで」

「ああ、いろんなケーキやアイスがあって、豪華だったよな。ネットですごい検索して見つけた店だったから、覚えてるよ」

色とりどりの小ぶりなケーキがいくつもあった。バニラアイスは北海道の厳選されたミルクを使用しているらしく甘く濃厚だった。チョコレートのアイスもあり、それはビターで大人の味がした。

一食二千円以上もした。充剛は、それを迷いもせずにわたしの分まで払った。

「おいしかったし、楽しかったな」

「うん」

「でも――わたしたち、なんか違ったよな」

「うん」

わたしの言葉に、充剛は頷く。

あの日わたしは、漠然と〝違う〟と感じた。

でも、なにが違うのかわからなかった。

だから、充剛と別れたあと、帰りにアイスキャンディを買って食べようと寄り道をした。でも食欲がわかなくて、わたしはそれを家の冷凍庫に入れておいた。今すぐ開けもせず、長いあいだ袋に入れた状態で持ち運んだアイスキャンディは、朝見たら形をかえていた。

小さな違和感をいくつも放置してきた、わたしと充剛の関係みたいだな、と思った。

彼に憂いがなくなってきたこと。

充剛が標準語交じりになったこと。

内職を辞めてバイトも楽しみのためにはじめたこと。

自由になるお金を手に入れたこと。

環境がかわって、今までできなかったことを躊躇なくはじめたこと。

同じくらい、充剛もわたしに違和感を覚えていただろう。

休日も家を空けていたのに、家から出なくなったこと。

母親の彼氏と雑談までできるようになったこと。

男子を苦手だと思っていたのに話せるようになったこと。

ひとりの時間を、満喫するようになったこと。

充剛の変化は、どれも責めるようなことではない。むしろわたしはいいことだと思っていたし、今も思っている。

誰かを妬んでしまう気持ちはないほうがいい。新しい環境を楽しんでくれたほうがいい。不満も我慢もないほうがいい。それに、すべてはわたしたちがお互いを大事に想っているからこそうまれた変化だ。悪いことのはずがない。

ただ。そう、ただ。

――以前の充剛が、恋しい。

相手のことを思うなら喜ぶべきことを、素直に受け止められない。そんな自分が、最低な人間になったような気がして、いやになる。

そのくせ、かわった今の自分のことは、前よりも好きなのだ。

少しずつ、わたしたちは当たり障(さわ)りのないことしか口にしないし訊かなくなった。忙しくて連絡をうっかり忘れてしまうことも増えて、申し訳なく思うのに改善ができない。でも相手から連絡がなくても気づかない。

すでに崩れはじめたわたしたちの関係は、半年前を境に、一気に崩れ出した。

「わたしたちは、限りなく近い、二本の平行な線みたいな関係なんやと思う」

「同じ方向見てるのに、交わらないってことか」

「ほんのすこーし、自分をかえたら交われるのにな」

右手の親指と人差し指を顔の前で近づける。

「でも、かえたくてもどうかえるのかわかんないもんな、俺も沙絵加も」

「うん」

「それに……なにより、俺は、沙絵加にはなにもかわってほしくない。誰かのためという理由で、かわろうとしたら、沙絵加じゃなくなる気がする」

唇に歯を立てて、充剛が絞り出すように言葉をつけ足した。

そう言ってくれることを、うれしいと思う。

「うん、わたしも、充剛のままで、いてほしい」

音楽も映画も好きでいてほしい。友だちとたくさん出掛けて楽しい時間を過ごしてほしいし、無駄遣いだってしたっていい。一切の陰りを纏うことなくいてほしい。

「俺と沙絵加は、似たもの同士だったんだろうな」

「そうかもしらんな」

お互いの傷に引かれ合い、お互いの姿に自分の傷を癒やし、かわっていくお互いの日常を喜んでいるのに、違うと感じてしまう。でも昔に戻ってほしいわけでもない。

「なあ、乾杯しよっか?」

アイスを掲げると、充剛は顔を歪ませて一瞬だけ躊躇する。けれど、ゆっくりとわたしのアイスに自分のアイスをぶつけた。

つき合ったときと同じように。

——違うのは、これが別れの儀式だということだ。

年末年始、年越しライブに行くので会いに行けないと充剛が申し訳なさそうな声で言ったとき、そう遠くない日に今日を迎えるだろうと予期した。充剛はいつだったのかわからないけれど、きっと充剛にとっても似たようなことがあったのだろう。

昔交わした約束を覚えていたのにもかかわらず、わたしも充剛も、相談することなく進学先を各々考えはじめた。

もう同じ大学には行かないのだとわかっていた。

当然、一緒に暮らす日もこないと受けいれていた。

そして、先月、久々に会おうという話になった。この町で会おうと口にしたのはわたしだったのか充剛だったのか、覚えていない。でも、間違いなく同じ気持ちだった。言葉にしなくとも、それが最後のデートなのだと察していたから。

最後のアイスキャンディは、水でできたアイスなのではないかと思うくらい味気なく、なのに不思議とほろ苦かった。

このアイスキャンディは賞味期限切れだったに違いない。

「ちゃんとオンラインショップができたら連絡しろよ」

誰もいない駅のホームで充剛が念を押すように言った。

「わかってるよ。お得意様になってくれるんやもん。充剛こそ、連絡したのに無反応とかやめてな。知らん間に連絡つかん状態になってるとかも」

「そんなんするわけないやろ」

恋人でなくなるだけだ。

けれど友人だったこともないわたしたちは、この先連絡をすることはないだろう。

それこそ、わたしが無事にショップを開設することができる日まで。

それでいい。連絡がないのはお互いに、元気に幸せに過ごしている、というメッセージになる。そう考えれば疎遠になるのも悪いことではない。

ホームにアナウンスが流れた。

充剛の乗る電車がもうすぐホームに到着する。わたしの家と反対方向なので、ここで別れることになる。

初春の夜は、風が吹くと肌寒い。

さっきアイスキャンディを食べたからか、お腹が少し痛くなってきた。

風を身に纏っているかのように電車がホームにやってきて、ゆっくりと速度を落として止まった。

「充剛」

ドアが開いて、足を踏み出そうとした充剛の背中に呼びかける。

勢いよく振り返った彼の顔は、驚きの中にわずかな期待を浮かべていた。

喉が、萎む。声が、かすれる。

それでもなんとか絞り出す。

「ボタン、取れかかってるで」

紺色のジャケットの袖口を指さして教える。

「え？　あ、ほんまや。いつから？」

「会ったときから」

ふふっと無理して笑うと、充剛は苦く笑ってから、いつかのようにボタンを引きちぎった。そして、ポケットに入れる。

「今晩、自分でつけるわ」

「うん」

「沙絵加」

今度はわたしの名前を呼ばれる。

心臓が止まったかのような衝撃に襲われて、制止する。

「たまには家を出て散歩くらいはしろよ」

動揺を必死に隠して電車に乗った彼に「わかった」と言って手を上げた。ブザーが鳴り響いて、ドアがゆっくりと閉まっていく。

わたしたちは笑っていた。ひどく歪んでいたけれど、それでも口角を引き上げた顔を見せ合った。

来たときと同じようにゆっくりと電車が走り出し、わたしの視界から充剛があっという間に消える。かわりに静寂がやってきた。

ひとり残されたホームで息を大きく吸いこみ、細く長く吐き出す。

そして。

「――……好きだよ」

今まで必死に耐えていた言葉を、零した。同時に涙も溢れて止まらなくなる。

――好き。

――別れたくない。

――一緒にいて。

何度も呑みこんだ言葉たちが、鎖のように体内で絡まっている。どんどん重みを増してきて、息苦しくて仕方がない。頬を何度も涙が伝う。

どうして好きなのに別れなくちゃいけないのかと、叫ぶ自分がいる。

好きだからこそ一緒にいられないのだと、慰める自分がいる。

本当にどうすることもできなかったのかと往生際悪く考える。

わたしが好きだと言えば、彼は好きだと言ってくれるだろう。別れたくないと言えば、俺も、と答えてくれたはずだ。

同じ大学に進学し、一緒に暮らせば、と考えたこともある。

でも、どれだけ必死に想像しようとしても、できなかった。そんな未来に縋(すが)る時点で、すべてがかわってしまっていた。本来なら、当たり前のように描いていたはずなのだから。

どうしても、別れ以外は見つからなかった。

お互いに嫌いになったわけではないのだから、つき合い続ける、良好な関係を維持できる術(すべ)があったとしても。

そのくらいわたしは今も、充剛のことが好きだからだ。

左手には、さっき食べたアイスキャンディの棒があった。ずっと握りしめていたらしい。

余計なことを考えることなく、自分の中の純粋な恋心だけを集めて固めたようなわたしと充剛の交際は、今日、終わった。

恋にもアイスキャンディにも、賞味期限はない。

だからといって、そのすべてがいつまでも同じ形で存在しているわけではない。ほんの少しの変化があれば、すぐに形をかえてしまう。どうにか期限を延ばそうとしても、もう元には戻れない。そんな状態の関係を大事に守ろうとは、思えない。

でも――。

「あ、当たりだ……」

はじめて見たアイス棒の当たりの印に、ぴたりと涙が止まる。

今さらだ。でも、だからこそ、この三文字は今日のあたしたちの決断に対してのご褒美みたいだ。


充剛と過ごした日々は、間違いなく幸せで甘くて満たされていた。

賞味期限が切れたとしても、その事実はかわらない。

他人からすればわたしたちの別れは理解してもらえないことかもしれない。

でも、離れることで、わたしたちはこの恋を守った。

溶けてしまっても、このアイス棒のように残るものはちゃんとある。

わたしたちの恋は、そういうものだった。

しばらくしてやってきた電車に、わたしは洟をすすり胸を張って乗りこんだ。

この物語はフィクションです。実在の人物、団体等とは一切関係がありません。

【ファンレターのあて先】
〒104-0031　東京都中央区京橋1-3-1　八重洲口大栄ビル7F
スターツ出版（株）書籍編集部 気付
櫻いいよ先生／此見えこ先生／水瀬さら先生／望月くらげ先生／犬上義彦先生

わたしを変えた恋

2022年11月28日　初版第1刷発行

著　者　櫻いいよ ©Eeyo Sakura 2022　此見えこ ©Eko Konomi 2022
水瀬さら ©Sara Minase 2022　望月くらげ ©Kurage Mochizuki 2022
犬上義彦 ©Yoshihiko Inukami 2022
発行人　菊地修一
デザイン　カバー　長﨑綾（next door design）
フォーマット　西村弘美
発行所　スターツ出版株式会社
〒104-0031
東京都中央区京橋1-3-1　八重洲口大栄ビル7F
出版マーケティンググループ　TEL 03-6202-0386
（ご注文等に関するお問い合わせ）
URL　https://starts-pub.jp/
印刷所　大日本印刷株式会社

Printed in Japan

ISBN　978-4-8137-1358-6　C0193

きみが明日、この世界から消える前に

此見(このみ)えこ／著
イラスト／青紅

死にたい僕を引き留めたのは、
謎の美少女だった――。

ある出来事がきっかけで、生きる希望を失ってしまった幹太。朦朧と電車のホームの淵に立つと、「死ぬ前に、私と付き合いませんか！」と必死な声が呼び止める。声の主は、幹太と同じ制服を着た見知らぬ美少女・季帆だった。強引な彼女に流されるまま、幹太の生きる希望を取り戻す作戦を決行していく。幹太は真っ直ぐでどこか危うげな彼女に惹かれていくが…。強烈な恋と青春の痛みを描く、最高純度の恋愛小説。

定価：660円（本体600円＋税10％）
ISBN 978-4-8137-0959-6

スターツ出版文庫　好評発売中!!

『君の傷痕が知りたい』

病室で鏡を見ると知らない少女になっていた宮（『まるごと抱きしめて』夏目はるの）、クラスの美少女・姫花に「世界を壊してよ」と頼まれる生徒会長・栄介（『世界を壊す爆薬』天野つばめ）、マスクを取るのが怖くなってきた結仁（『私たちは素顔で恋ができない』春登あき）、生きづらさに悩む片耳難聴者の音織（『声を描く君へ』春田陽菜）、今までにない感情に葛藤する恵美（『夢への翼』けんご）、親からの過剰な期待に息苦しさを感じる泉水（『君の傷痕が知りたい』汐見夏衛）。本当の自分を隠していた毎日から成長する姿を描く感動短編集。

ISBN978-4-8137-1343-2／定価682円（本体620円+税10%）

『ある日、死んだ彼女が生き返りました』　小谷杏子・著

唯一の心許せる幼馴染・舞生が死んでから三年。永太は生きる意味を見失い、死を考えながら無気力な日々を送っていた。そんなある日、死んだはずの舞生が戻ってくる。三年前のままの姿で…。「私が永太を死なせない！」生きている頃に舞生に想いを伝えられず後悔していた永太は、彼女の言葉に突き動かされ、前へと進む決意をする。さらに舞生がこの世界で生きていく方法を模索するけれど、しかし彼女との二度目の別れの日は刻一刻と近づいていて——。生きる意味を探すふたりの奇跡の純愛ファンタジー。

ISBN978-4-8137-1340-1／定価682円（本体620円+税10%）

『後宮医妃伝二 ～転生妃、皇后になる～』　涙鳴・著

後宮の世界へ転生した元看護師の白蘭は、雪華国の皇帝・琥劉のワケありな病を治すため、偽りの妃となり後宮入りする。偽りの関係から、いつしか琥劉の無自覚天然な溺愛に翻弄され、後宮の医妃として居場所を見つけていく。しかし、白蘭を皇后に迎えたい琥劉の意志に反して、他国の皇女が皇后候補として後宮入りすることに。あざといほどの愛嬌で妃嬪たちを味方にしていく皇女に敵対視された白蘭は、皇后争いに巻き込まれていき——。2巻はワクチンづくりに大奮闘!? 現代医学で後宮の陰謀に挑む、転生後宮ラブファンタジー！

ISBN978-4-8137-1341-8／定価737円（本体670円+税10%）

『後宮異能妃のなりゆき婚姻譚～皇帝の心の声は甘すぎる～』　及川桜・著

「人の心の声が聴こえる」という異能を持つ庶民・朱熹。その能力を活かすことなく暮らしていたが、ある日餡餅を献上しに皇帝のもとへ訪れることに。すると突然、皇帝・曙光の命を狙う刺客の声が聴こえてきて…。とっさに彼を助けるも、朱熹は投獄されてしまうも、突然皇帝・曙光が現れ、求婚されて皇后に。能力を買われての後宮入りだったけれど、次第にふたりの距離は近づいていき…。『かわいすぎる…』『口づけしたい…』と冷徹な曙光とは思えない、朱熹を溺愛する心の声も聴こえてきて…!?　後宮溺愛ファンタジー。

ISBN978-4-8137-1342-5／定価660円（本体600円+税10%）

スターツ出版文庫　好評発売中!!

『君がくれた物語は、いつか星空に輝く』　いぬじゅん・著

家にも学校にも居場所がない内気な高校生・悠花。日々の楽しみは恋愛小説を読むことだけ。そんなある日、お気に入りの恋愛小説のヒーロー・大雅が転入生として現実世界に現れる。突如、憧れの物語の主人公となった悠花。大雅に会えたら、絶対に好きになると思っていた。彼に恋をするはずだと——。けれど現実は悠花の思いとは真逆に進んでいって…⁉「雨星が降る日に奇跡が起きる」そして、すべての真実を知った悠花に起きた奇跡とは——。

ISBN978-4-8137-1312-8／定価715円（本体650円+税10%）

『この世界でただひとつの、きみの光になれますように』　高倉（たかくら）かな・著

クラスの目に見えない序列に怯え、親友を傷つけてしまったある出来事をきっかけに声が出なくなってしまった奈緒。本音を隠す日々から距離を置き、療養のために祖母の家に来ていた。ある日、傷ついた犬・トマを保護し、獣医を志す青年・健太とともに看病することに。祖母、トマ、そして健太との日々の中で、自分と向き合い、少しずつ回復していく奈緒。しかし、ある事件によって事態は急変する——。奈緒が自分と向き合い、一歩進み、光を見つけていく物語。文庫オリジナルストーリーも収録！

ISBN978-4-8137-1315-9／定価726円（本体660円+税10%）

『鬼の花嫁　新婚編一～新たな出会い～』　クレハ・著

晴れて正式に鬼の花嫁となった柚子。新婚生活でも「もっと一緒にいたい」と甘く囁かれ、玲夜の溺愛に包まれていた。そんなある日、柚子のもとにあやかしの花嫁だけが呼ばれるお茶会への招待状が届く。猫又の花嫁・透子とともにお茶会へ訪れるけれど、お屋敷で龍を追いかけていくと社にたどり着いた瞬間、柚子は意識を失ってしまい…。さらに、料理学校の生徒・澪や先生・樹本の登場で柚子の身に危機が訪れて…⁉　文庫版限定の特別番外編・外伝 猫又の花嫁収録。あやかしと人間の和風恋愛ファンタジー新婚編開幕！

ISBN978-4-8137-1314-2／定価649円（本体590円+税10%）

『白龍神と月下後宮の生贄姫』　御守（みもり）いちる・著

家族から疎まれ絶望し、海に身を投げた17歳の澪は、溺れゆく中、巨大な白い龍に救われる。海中で月の下に浮かぶ幻想的な城へたどり着くと、澪は異世界からきた人間として生贄にされてしまう。しかし、龍の皇帝・浩然はそれを許さず「俺の妃になればいい」と、居場所のない澪を必要としてくれて——。ある事情でどの妃にも興味を示さなかった浩然と、人の心を読める異能を持ち孤独だった澪は互いに惹かれ合うが…生贄を廻る陰謀に巻き込まれ——。海中を舞台にした、龍神皇帝と異能妃の後宮恋慕ファンタジー。

ISBN978-4-8137-1313-5／定価671円（本体610円+税10%）

書店店頭にご希望の本がない場合は、書店にてご注文いただけます。